HISTORIAS DE AMOR
Y
DESAMOR TANGIBLE

GEMA LUTGARDA

HISTORIAS DE AMOR

Y

DESAMOR TANGIBLE

Titulo original: Historias de amor y desamor tangible ©
Año de esta publicación: 2017
Autora: Gema Lutgarda
Diseño de portada: G. L.
Nº de registro: 201799904157611

AGRADECIMIENTOS

Esta antología está dedicada en su totalidad a todas y cada una de las personas que me han ayudado y me alientan cada día para seguir adelante en este mundo loco, en este mundo de sueños y literatura.

Por ello, todas las historias de este libro llevan en su encabezamiento un nombre, un nombre de una persona muy especial para mí; porque sin vosotros, jamás hubiera podido realizar este anhelo. Gracias siempre. Os adoro.

Índice

Abismo

Congelo la imagen de aquel clásico cinematográfico, la escena queda detenida en el televisor. No le estaba prestando atención a la película, pero… mi cabeza giró en el momento exacto y, me topé con ella: con aquella chica de mirada torturada y aterrada agarrada fuerte a las piedras del borde de un precipicio, a punto de ser devorada por el abismo.

Mis ojos se centran y se recrean en aquella ficción paralizada y, de repente, siento su temor, su cansancio, las lacerantes descargas eléctricas incitando a los músculos de los brazos a desfallecer, las yemas de los dedos ausentes de tacto por la falta de sangre a causa de la presión contra la roca, la adrenalina recorriendo cada átomo de su adolecido cuerpo, de mi adolecido cuerpo, hasta exprimirlo, ¡hasta asfixiarme!

Quisiera soltarme, dejarme caer… Así se acabaría todo… sumirme en la oscuridad... ¡Oh!

Todo el mundo huye de la penumbra; pero os puedo asegurar que la claridad es mucho más aterradora. Daría lo que fuera por permanecer en la niebla; por no recordar, no sentir, no saber…

Cuando desperté del coma pensé que estaba acabada, que no podría vivir sin mis recuerdos, sin mi identidad. Luché con todas mis fuerzas por recobrar aquello que yo llamaba vida. ¡Mi vida!

Y ahora, no sé cómo sepultar todo lo que ocurrió, todo lo que soy, ¡lo que fui!... No me reconozco, ni siquiera me siento… ésa…

El aire me da en la cara y mi cuerpo se sacude por el cambio de sensación; de pronto, soy consciente de que el fotograma ha cambiado… La televisión queda lejos, aislada en medio de este viejo salón. Delante de mí, una ventana abierta y… Quizá, sea la única posibilidad de escapar de ese pasado, de esta agonía… Las lágrimas resbalan por mis mejillas, se congelan cuando la gélida brisa las acaricia… Inspiro, aunque, el oxígeno quede retenido por aquel nudo punzante que cierra mi garganta. Mi cabeza vira, buscando la escena anterior. La chica de la película vuelve a conectar conmigo o, yo con ella… Tal vez, sea el momento de liberarme, de liberarla… dejarnos caer, regresar a la oscuridad. Que el abismo nos engulla… ¡Oh, sí!

Cierro los ojos y muevo mi cuerpo, entregándolo, entregándome al vacío, a la tiniebla, a la paz ansiada… La chica de la película grita en mi mente, la siento volar. ¡Voy a volar con ella!; pero una fuerza me frena, me sostiene, arrancándome de los brazos de la nada.

Un cuerpo que me arrastra a contrasentido, que tiembla al compás del mío.

—¡Por Dios, Beca! ¿Qué demonios vas a hacer?!

—¡Déjame! ¡Suéltame! ¡Tengo que poner fin a esto! ¡No merezco vivir, no merezco nada!

—¡Beca!

Sus fuertes brazos me paralizan, me giran, me abrazan… hasta que solo estamos él y yo, su mirada, su aliento contra el mío.

—Soy un monstruo, Adán… No puedo borrar esa imagen de mi cabeza… ¡Yo lo maté!

—¡No fue culpa tuya, ¿me oyes?! Era tu vida o la suya, Beca… Ese hombre hubiera acabado contigo… De hecho, estuvo a punto de hacerlo… Podríais haber muerto los dos en aquel accidente.

—Yo me metí en esa vida porque quise, Adán…

—Elegiste esa vida porque él te engañó, Beca… Porque te enamoraste de la persona equivocada…

Por un momento, solo escucho su voz, el latir de su corazón pegado al mío… Y es como si el silencio se abriera paso en mi mente, como si su hálito consiguiera acallar los tortuosos murmullos de mi pasado; pero, aun así, tengo miedo…

—Tengo tanto miedo a hacerte daño, Adán… Todas las personas que se han acercado a mí, que he querido… han acabado mal; yo no soportaría que tú…

—Shhhhh… —Su dedo roza la piel de mis labios; su aliento me riega la cara, deteniendo mi respuesta—. ¿Sabes, cuál es mi miedo, Beca?... No volver a sentir esto que siento ahora estando contigo… El pasado no nos construye, mi niña… Nosotros construimos el futuro… Y mi futuro eres tú…

Entonces, me besa y, sus brazos me atan… Y yo, me agarró fuerte a él, a la roca que forman los músculos de su espalda, a su aliento exhalado en mi boca… que me salva, que me arranca de aquel precipicio de claridades… para sumergirme en la oscuridad de un futuro, cargado de luz… junto a él.

Abrazada a la realidad

Supongo que, no quería creer, ni dejarme arrastrar por lo que siento, por lo que me haces sentir…

Supongo que, aún me tiembla el alma, cuando presiento que mi corazón cede a tu aliento, sin permiso de mi cerebro.

Estoy perdida, pero a la vez, jamás he estado tan segura de alguien, tan segura de mí… Y eso me da pavor, porque no quiero más lágrimas, me prometí a mí misma que, no habría más lágrimas… Y, ahora, estoy llorando, abrigada en tu regazo; y el agua resbala por mis mejillas; pero hoy, ese agua es acunada por una sonrisa, mi sonrisa… la tuya…

Tal vez, aún pueda creer en los sueños…

Tal vez, merezca la pena sentirse abrazada, por una realidad…

Adiós, amor

Y todavía me pregunto qué hice mal, qué paso torcí o en qué demonios fallé… Tal vez, ninguno de los dos hizo nada… Simplemente, el destino no era para nosotros; simplemente, nuestras almas forzaron algo que estaba equivocado… Lo único que puedo decirte es que jamás he sentido tanto como este regalo que me llevo en el corazón… Y aún me miro al espejo y recuerdo tus palabras y esa magia que dibujaste en mi caminar a pesar de todo… a pesar del ahora, a pesar de la evidencia.

Fui feliz, lo soy, solo por el simple hecho de haberte conocido… aunque nuestro sendero se separe en este hoy… aunque jamás volvamos a vernos ni escucharnos, hemos sembrado el uno en el otro nuestro mañana.

Adiós, amor…

Naufrago

Un rojizo atardecer al pie de una playa silenciosa, el arrullo cálido del viento… es lo único que ha quedado retenido en mi mente de aquel horror vivido.

Es curioso, pero solo se repitió tal matiz en el cielo, tan etéreo abrazo de fuego en el ambiente, en dos ocasiones: el primer día que mis ojos se abrieron tras naufragar en aquella solitaria isla de arena, soledad, belleza y miedos; y en aquel último ocaso transcurrido en ese infierno paradisiaco, que creí mi tumba…

Sí, no voy a negarlo, había perdido la esperanza de ser encontrado, de volver a mirarte a los ojos y escuchar tu voz; de rozar tu piel y sentir tu alma… y tu aroma… ¡Dios!... Aún me tiemblan las manos y la angustia se vuelve un nudo salado en mitad de mi gaznate.

Cuando aquella avioneta sobrevoló el islote, y volvió a desaparecer en el cielo; pensé que no me había visto, que mi mensaje de socorro dibujado y restaurado una y otra vez en la blanca arena de mi cautiverio, había pasado desapercibido; pero no fue así, y en aquel rojizo atardecer de olas violáceas, cuando la debilidad de mi cuerpo ya hacía días que había trastornado mi mente, el ruido de un motor rompió el mar… Estaba tendido en la arena, decidido a entregar mi espíritu a esas bellas lenguas de fuego danzantes que surcaban el cielo y que, me servirían de arrullo para volar… Escapar de allí, aunque la muerte se convirtiera en mi única salvadora.

Al tiempo, varias figuras se acercaron… Yo apenas podía abrir los ojos y casi no entendía lo que decían… En mi cerebro, solo… solo… había un nombre:

—Ellen Boswell… Ellen Boswell… —mis labios musitaron; repitiendo mis pensamientos, mi desesperación.

Las figuras volvieron a murmurar en aquel idioma que era el mío, aunque, su hablar siguiera siendo unos simples susurros inentendibles… La oscuridad anestesió mi dolor… No fui consciente de mí, hasta que mis ojos se abrieron y se encontraron con los tuyos… y, tu boca me llenó de vida.

Y, hoy…

—Señora Boswell… —Alguien te llama, quiere quebrar nuestro contacto; pero mi mano se agarra fuerte a la tuya, no quiero perder tu calor, no quiero perderte de nuevo.

Entonces, tus labios se posan en mi frente y me sonríes…

—No pienso marcharme, cariño… Solo voy un momento fuera a hablar con el doctor… Descansa, necesitas descansar… No voy a irme de tu lado…

Todo en ti es una suave caricia de confirmación…

Por eso suelto tu mano, y mis miedos se disipan…

Ahora sé que aquellos dos bellos atardeceres color carmín que acompañaron mi destierro y mi renacer, eran tu fuerza reflejada en el cielo; tu aliento suspendido en el entorno, la magia que me ayudó a seguir, a respirar…

Chico Malo

Tal vez, la lluvia separe definitivamente nuestro destino.

Cada gota empapa mi ropa, se impregna en mi piel.

Suspiro.

Aún en mi mente, tu voz, cargada de promesa, de sonrisa... quiere gritar más fuerte que la tormenta.

Puede que ahora me odies, que el dolor sea tan insoportable como el que yo siento, cuando mis pies caminan hacia adelante, alejándome de ti, más y más...

Es mejor así, créeme...

Los poemas solo existen sobre el papel escrito... Nadie cambia por amor, princesa...

Y, mi vida está marcada, sellada y atada a mi pasado, a lo que soy...

La tentación fue demasiado grande, fuerte... Destilabas tanta luz, que pensé que podrías romper mi oscuridad, arrancarme de sus opacas garras... Pero, era demasiado tarde para mí, es demasiado tarde; debí saberlo entonces...

Perdóname, amor...

—¡John! —Ni siquiera me estremezco cuando escucho la voz de mi verdugo a un metro de mi cogote.

Aprieto mi mano sobre la fría empuñadura de la pistola que descansa sobre la blanda carne de mi barriga, debajo de mi camisa empapada. No hago ningún movimiento brusco, solo, espero… Voy a morir, pero tengo que asegurarme que él también lo haga… Me conoce demasiado, sabe que voy armado y, el escondite exacto de mi arma; pero, aun así, me subestima. Es soberbio. No me pide que levante las manos y las separe de la amenaza. Piensa que será más rápido que yo. No conoce el poder del amor. Voy a mantenerte a salvo, princesa; y será lo último que haga en esta vida.

—¿Dónde está el dinero, John?

—El dinero se destruyó en el incendio de la fábrica, Joe… Ya te lo dije…

—¡Mentira! Solo tú y yo, sabíamos de ese botín… ¡Hicimos un trato! ¡Quiero mi parte y la quiero ya!

—No hay dinero, no existe ese dinero… —Mis palabras son empujadas al ambiente de forma sosegada, pausada… acompasadas con el ritmo de mi respiración… Únicamente, la lluvia parece ponerse de acuerdo con el palpitar de un corazón desbocado: mis latidos se aceleran y mueven rápido mi sangre, la tormenta embravece y, la calle se convierte en un rio improvisado que cubre nuestros tobillos.

Crack: el relámpago ilumina el cielo…

—Te lo has gastado con esa putita con la que vas, ¿verdad?... Está bien. Si tú no hablas, quizá…

Boom: el trueno ruge… Los disparos se cruzan y el torrente improvisado que moja nuestros pies, se tiñe de rojo…

Joe, cae al suelo dos segundos después que yo… pero lo hace sin vida… Lo miro, casi no puedo respirar; aunque estoy tranquilo… Estás a salvo, mi niña… Mi princesa.

La lluvia resbala por mi cara, se cuela por mi boca, calma… calma… mi… mi sed… El frío, el frío… ha entumecido mi cuerpo: no… me duele, no… Perdóname, cariño… per…

Armonía

Como un acorde entre rosas…
Entrelazados junto a intervalos de silencios y notas…
Imaginados…
Sentidos como almas
que nos elevan en este baile infinito
donde tú y yo,
somos única fusión.
Convertidos en cadencia…
Transformados en caricias…
Dibujando melodías…
De violín, voz, madera y pieles…
De sentidos: volcados y sedientos…
Suavidad y torrente…
Fuego, agua, ¡viento!
Hasta que el réquiem nos otorgue su final,
hasta que el violín, se detenga…
Para volver a comenzar,
la melodía de nuestra historia.

Carta escondida

¿Cuánto tiempo he prorrogado esta carta?... Años, meses, días, horas…

Demasiados minutos con el bolígrafo en la mano haciendo garabatos en el papel; después… te escuchaba llegar y arrugaba la cuartilla tirándola a la papelera; el estómago se apretaba sin saber que iba a ser lo próximo: si mariposas y sonrisas o, amargura y lágrimas… Aunque siempre tenía esperanzas de que tu presencia me hiciera sentir única y no aislada. Claro que ésa fue decisión mía… o, tal vez, nuestra: aislarnos del mundo para no asumir la evidencia: que tú y yo nunca cambiaremos, que la felicidad fue confundida por aquella obsesión enfermiza que sentimos el uno por el otro, porque ni siquiera podemos llamarlo amor, ni siquiera roza los límites del odio.

Uno de los dos tenía que dar este paso: escribir esta carta, desgajar este corazón que insiste en dominar a mi demencia, nuestra demencia.

Entonces… la puerta se abre. Eres tú y, escondo mis palabras, mi despedida entre las páginas finales de aquel libro que significó nuestro comienzo. Y únicamente espero sentir tus labios rozar los míos una vez más… solo una vez más… y no pensar.

Cerrar los ojos y dejar que hablen estas palabras ahora escondidas…

Tal vez, mañana volvamos a ser esos dos desconocidos, cuyas miradas, jamás debieron encontrarse en aquella estación.

Música para un olvido

Sentada en el asiento de atrás de aquel coche; yo, miraba fija, quieta, el movimiento exterior por la ventanilla: las calles, la gente caminando rápido o lento, sumergidas en sus pensamientos, en sus porqués; el cielo, el paisaje pasaba raudo y cauto sin inmutarse por mi observar; aunque, a veces, era el ambiente el que parecía contemplarme. Mientras, la música sonaba y, el sonido conformado en notas lo transformaba todo a su paso. De pronto, el cielo parecía diferente, la gente comenzaba a caminar de manera diferente, hasta el mundo semejaba girar con un trote cambiante, a las órdenes de esa música que me envolvía y que, sin saberlo, también les envolvía a ellos, a aquellos transeúntes protagonistas, ajenos a mí, a mi sentir en ese momento.

Me extrañé cuando mi mano rozó mi rostro y, acogió entre sus dedos los restos de una humedad salada que yacía en mi mejilla y que, ahora, formaba parte de una extraña amnesia.

Preferí curvar mis labios en una sonrisa y, no preguntarle al tiempo por qué mis ojos decidieron fabricar esas lágrimas que, la música había convertido en olvido. Era demasiado dolor para un corazón devastado, que había decidido comenzar a latir en otro tiempo, en otro lugar, lejos de ti.

Y me sumergí en las notas, en el cielo, en la gente que avanzaba de manera diferente en el exterior, mientras las canciones reconvertían mi vida y, el coche continuaba devorando kilómetros de carretera, dominado por aquel ritmo desconocido que susurraba la emisora de radio.

No digas nada, solo mírame

Con los ojos cerrados,
apretados…
Intento detener el tiempo.
Ojalá tuviera el poder para frenarlo,
para hacer de este segundo callado,
un instante perpetuo.
Hundirme en tu abrazo,
retener tu aliento.
Quitar importancia al paso de las horas,
borrar cualquier significado
que el segundo otorgue a…
aquella distancia presentida,
aunque incierta.
No hables, no…
No digas nada…
Solo mírame…
Y haz que desaparezca este temor
a abrir los ojos,
a sentir…
el tiempo en mi ser.

Crepitar

"Oír el crepitar de las llamas delante de la chimenea; cerrar los ojos, mientras sientes como la luz oscilante y el calor del fuego te envuelve, te regenera...

Todo está en silencio, al fin, solo las ascuas hablan, solo tu respiración cosquilleando la piel de mi cuello me hace sentir elevada al más inimaginable ensueño, tocando suelo en la más certera y soñada realidad".

Ella cerró la novela acabada y, sostuvo su taza de café; con cada sorbo que le daba al líquido amargo, repetía en su mente el último párrafo vivido en aquella novela que, la había hecho estremecer y, saboreó cada palabra.

Sergio Guillén

Cuerpo y alma

Érase una vez un cuerpo que, encontró a su alma parada en mitad del camino, con los ojos cerrados, sonriendo y absorbiendo cada molécula de aire que el destino incierto le ofrecía.

Se acercó entonces la carne, sigilosa, a su espíritu sonriente y, lo contempló por un momento. Frunció el ceño, dudo en preguntar, no quería romper el silencio, pero necesitaba de su alma, de su aliento y complemento para ser, para aprender a caminar y vivir.

En la carne, latía fuerte un corazón, a veces dañado, tímido y asustado por el ayer; a veces contento y acelerado por lo venidero, por los recuerdos alegres que su cerebro guardaba, por las tristezas oscuras que su cráneo rechazaba; pero nada era ese corazón, ese pensamiento, sin el resuello de su espíritu que, continuaba de pie, parado delante de su fisonomía, con los ojos cerrados, en estado de meditación y sonrisa.

El cuerpo, físico e impaciente, no pudo aguardar más y le preguntó al alma: —Alma, ¿por qué sonríes?

El alma, tras la pregunta, abrió sus ojos al fin, y miró profundamente a su silueta de carne y huesos, haciéndola vibrar, transmitiendo cada emoción impregnada no solo de palabras, sino del más puro sentimiento. Contestó su dulce voz, acariciando con su razón al cerebro activo: —Sonrío porque viví la más profunda ausencia cuando tan solo era un infante, la más dolorosa pérdida de aquel cuerpo y alma que me dio la vida y que hizo que esa ausencia se convirtiera en nada, sembrando mi infancia de sonrisas; sonrío porque la más sagrada ilusión se quebró en mil pedazos tornándose en imposible cuando crecí y me llamaron adulta; porque la más cruel y vil de las mentiras me golpeó fuerte, nos golpeó… Pero, sobre todo, sonrío, porque viví, porque vivimos, porque vivo.

El cuerpo sintió un escalofrío cuando su alma lo hizo evocar. No entendía… ¿Acaso su consciencia se había vuelto loca? ¿Cómo podía sonreír al rememorar todas esas tristezas? ¿De dónde sacaba las fuerzas? Si él se sentía tan, tan cansado.

—No te entiendo, ¿no sientes miedo de recordar, de que nuevos nublados vuelvan a golpear nuestra existencia?

El alma extendió su halo hasta la piel de su envoltura, grabó en la sien de la carne, la más bella y curativa enseñanza: — Temería si no existiera camino bajo nuestros pies, si nuestros entes, que son uno, no pudieran caminar hacia el mañana, con sus luces y sombras, con sus colores y lágrimas. Mira tus manos, cuerpo…

El cuerpo así lo hizo, hipnotizado por la voz de su consciencia, miró sus manos, sintió el calor de otras que lo sostenían: las manos de su pareja, del gran amor de su vida, de su apoyo constante e infinito; y de esas manos, miles y miles más, que lo rodeaban, empujando su espalda, sosteniendo su camino, fabricando momentos únicos e inolvidables; hermano, familia, amigos, ¡resuellos mil! Que destilaban fuerza y aliento…

El cuerpo sonrió al alma, que seguía a su vez sonriendo. Por fin, la carne entendió a su espíritu y, continuaron caminando, abrazando a la vida.

Estoy aquí

Y ahí estás, a la misma hora de siempre, sentada en el mismo sitio, mirando fija al cristal empañado por el frío exterior y la humedad de la lluvia.

El camarero se acerca a ti; espera un momento, manteniéndose estático, pegado a tu mesa, con un bolígrafo apretado en una mano, apuntando al papel del blog de la comanda que sostiene con la otra. Vuelves tu cabeza hacia él; las gotas de lluvia que dibujan recorridos efímeros en el frío cristal de la ventana, dejan de ser el objetivo de tu aliento y, tu rostro mira al camarero mientras la melancolía te devora. Le pides un café con leche tibia sin azucarar y dos pastas de limón para acompañar el amargo trago, como cada día a esta hora, utilizando el mismo tono en tus palabras, cargado de añoranza y soledad. Después, mientras esperas el café, cubres tu rostro con las manos; solo unas décimas de segundo pasan hasta que de nuevo puedo ver tus hermosos, aunque aguados ojos. Te muerdes el labio: un poco de dolor físico para encontrar fortaleza, para aguantar el llanto, para acallar un porqué que nunca tendrá respuesta.

Le prometí que te haría llegar esta carta; pero no sé cómo reaccionarás al saber que yo abandoné a mi mejor amigo, que lo dejé morir; que daría lo que fuera por ser yo quién hubiera muerto en esa camioneta siniestrada. Que me siento culpable de que él ya no esté aquí, de tu tristeza; y de amarte como te amo.

No dejo de vivir aquella noche: la lluvia había inundado las carreteras, los accesos; todo era barro, miedo y destrucción. La guerra estaba cerca de nosotros; sin embargo, esa noche el ambiente enmudeció en un tétrico y abrasador silencio. No había ruido de disparos, ni bombas; ni siquiera la jungla y sus sonidos nos acompañaban; aunque sabíamos que nos acechaban.

Solo teníamos una alternativa: cruzar con la maldita camioneta cargada con víveres y medicamentos por aquel puente colgante y putrefacto, o morir a manos de los furtivos.

Dos inexpertos civiles en misión humanitaria en mitad de aquella locura, a kilómetros del hospital y de nuestro campamento de misión. Alberto estaba herido, sus piernas no estaban bien; intenté cogerlo en brazos, sacarlo del vehículo; pero, cada vez que lo movía sus gritos de dolor y desesperación me traspasaban.

Recuerdo que me cogió la mano: —Xavi, déjame aquí… Vete, sálvate, amigo… Toma su foto y esta carta, búscala… cuida de mi mujer, cuida de Sandra.

Se podría decir que puso las razones de su vida en mis manos…

El alma se me cayó a los pies… Miles de veces, había deseado estar en su lugar. Ser yo, Alberto Ledesma y no el apocado Xavi Serrat al que nadie esperaba en su ciudad, al que nadie echaría de menos… Yo, yo me enamoré de esa chica que estaba en la foto como un crío… Alberto y yo, nos volvimos inseparables en medio de aquel caos; él me hablaba de ti, me contaba… fue inyectándome a través de sus charlas el amor que él sentía… Y yo, ¡lo envidiaba!; pero no quería esto… Era mi mejor amigo, ¡por el amor de Dios!

—De eso nada, ¡me oyes! ¡Te voy a sacar de aquí! Tú mismo vas a cuidar de tu mujer, vas a decirle cuánto la quieres… ¡Aguanta, amigo, aguanta!

Sin pensar en nada, solté la mano de Alberto; y vacié parcialmente la furgoneta. No teníamos mucho tiempo, pero tenía que aligerar el mayor lastre posible… El puente no aguantaría.

Escuché ruidos atrás; no sé… tal vez era la lluvia, el chirrido de la vegetación, mi miedo… Moví mi cuerpo rápido del remolque al asiento del conductor y pisé el acelerador. Creí que si cruzaba deprisa, tendría el tiempo suficiente antes de que aquellas maderas podridas cedieran… ¡Dios mío!

Todo comenzó a crujir, el puente rompió y se inclinó hacia la derecha…

—¡Xavi, vete! ¡Sal de aquí!

Es todo lo que recuerdo de ese último y aterrador instante. Una semana después desperté en un hospital de campaña… Encima de una mesilla que tenía al lado de aquel jergón donde estaba acostado, estaba la foto de mi amor, tu foto; y la carta de su marido, de mi mejor amigo.

Y no sé cómo hacer esto, Sandra… No sé cómo cumplir con su deseo, cómo acercarme a tu alma, a tu piel, cómo devolverte la sonrisa y… perdonarme… Y que me perdones.

Oh, tengo que hacerlo. Hoy es el día. Venga, Xavi…

No tengo saliva en la boca, así que ni siquiera me molesto en tragar.

Me levanto del asiento y me acerco a ti, mientras las palpitaciones de mi corazón se reflejan en mis manos, que tiemblan, al sostener esta carta y tu foto.

Le das un sorbo al café; y tu mirada responde a mi cercanía, a mi silencio.

¡Dios, eres tan bonita!

Frunces el ceño; pero no es… es como si hubieras estado esperando este momento aún sin conocerme, sin saber… como si cada día al pisar esta cafetería hubieras tenido un solo motivo que te empujara a esta monotonía. Todo se sobrecoge en mí; y retienes la respiración.

—Hola, me… me llamo Xavi Serrat. Tengo… tengo un mensaje de Alberto para ti.

Sonríes y el mundo se ilumina…

Tal vez, Alberto siga vivo… en ti, en mí… en esta carta que, de alguna manera, nos une.

Ausente de literatura

Una lágrima, constante, transparente…
Cargada de significado.
Por una sola vez, despojada de literatura.
Versos colmados de realidades,
lanzadas, gritadas al viento;
aunque en silencio….
Eres una dama blanca,
un alma pura y maravillosa;
quizá, llena de dolor…
Por eso, rehúsas recordar.
Reconocer quién fuiste una vez, quién eres ahora…
Pero, sigues aferrada a una misma locura.
Te lo dije mil veces; y lo sigo creyendo.
Sigo creyendo en esa luz que te envuelve,
y lo haré toda la vida.
Mi mayor deseo:
Que algún día te veas tan bella como eres;
como el mundo te ve,
como yo te siento.
Despiertes por ese milagro tan inmenso,
que las estrellas te otorgaron,
que nació de tu ser.
Y, comiences a sonreír.
Sé feliz, princesa…
Versos de brisa…
Colmados de realidades;
y, ausentes, por una sola vez… de literatura.

Evelyn

Es extraño… Anoche todavía te sentía; pero esta mañana al abrir los ojos, ni siquiera encontré tu olor.

La mente se asegura miles de estrategias de defensa para mantener el alma en pie y, por ende, revivir este cuerpo al borde de la devastación.

Quiero sentir dolor, pero me lo prohíbo. Seco una lágrima furtiva que se atreve a resbalar por mi rostro y… suspiro; suspiro todo lo fuerte y profundo que mis pulmones me dejan… No pienso permitir que la ansiedad me domine… Ah, no… Has superado cosas peores, Evelyn… Así que me levantaré de la cama y descorreré las cortinas… Hoy no escucharé tus buenos días, pero, sin embargo, la luz del sol comenzará a rozar mi piel en cuanto abra las ventanas; y no tendré miedo a la sonrisa, porque nadie… Óyeme bien, ¡nadie!, podrá borrarla de mi cara.

Recuerdo que reíamos, sí… pero el infierno de no saber si al segundo siguiente vendría el castigo… ¡Dios!... No te merecías ni un minuto de mi vida… Te concedí miles, no obstante… repletos de agonías y disculpas…

Siempre tenías una disculpa para todo: *"El pasado me hizo como soy"*; decías… Y yo, tonta de mí, me estremecía, me compadecía, ¡te amaba!... Te acariciaba, nos fundíamos en un abrazo y… en algo más…

Lágrimas envueltas en mentiras que me iban destrozando poco a poco y en silencio… hasta hoy.

No te huelo.

No te escucho.

No te siento.

Ni siquiera me permito recordarte.

Perfilo mis labios con ese color que aún no había estrenado. Una chispa da vida a mis ojos; me siento bonita, coqueta, ¡lo eres, Evelyn!

¡Estoy de pie! Sin ti y caminando…

Cierro la puerta del departamento alquilado donde cohabitábamos; no llevo maletas, ningún peso cargado o cargando mi ser.

La noche quedó al otro lado de aquella madera con dintel que marca el límite entre el ayer y mi mañana.

El aire me da en la cara; respiro.

Mi historia comienza ahora.

La historia… de una mujer.

Él está ahí... Fuera

Él está ahí... fuera.

Su voz amortiguada llega a nosotros a través de la puerta, haciéndonos crueles, embarrando nuestras ansias, que, aun así, no se doblegan... ¿Cómo secar este sudor que nos asfixia? ¿Cómo acallar mis gritos, tus gemidos de placer? Si somos tentación a las puertas de un infierno que nos condena.

Dos amantes, presos de un silencio.

Dos corazones anhelantes atados a un imposible, arrastrados por lo inevitable.

Tus manos me forman, tu hombría me llena...

Te siento temblar derretido entre mis brazos.

El clímax no abrasa, nos traspasa...

La pasión envuelta en llamas.

Encerrada en un secreto...

De culpas, almas y piel...

La dama diamante

He perdido la noción del tiempo. Siento las manos entumecidas por la fuerza con que las cintas las oprimen; la humedad de este suelo de frío cemento es lo único que me empieza a ser familiar; y el olor, el olor a podredumbre, a dolor, a miedo… que se queda atrapado en mi boca sin posibilidad de grito, a causa de la presión de la mordaza sobre mis labios, mordaza que mi saliva empapa.

Sé que es de noche, la luz de la luna se cuela por la fina rendija de este gastado techo de madera carcomida que me aísla. Es el único privilegio, la única compañía que me es permitida en este nuevo tiempo de cautiverio… No encuentro diferencia entre mi vida en el exterior y este zulo cuyas dimensiones están desfiguradas por la insistente oscuridad. Jamás he sido libre, ¿qué más da un encierro u otro? Sin embargo, a pesar de mi sino, ansío la vida… Daría lo que fuera, lo que fuera por la libertad; por sentirme dueña de mi cuerpo, de mis sueños, de mi yo…

Escucho un sonido, un crujir rasgado producido por la madera forzada; el chirriar de bisagras oxidadas…

Es la puerta…

Creo que es la puerta. Se abre…

El aire viciado de mi celda se renueva; pero yo me ahogo, no obstante... Tiemblo ante esos pasos que se acercan, ante esa respiración que parece estar acompasada con la sístole de mi corazón; este corazón que siento en la boca... Intento moverme, agazaparme, ¡huir!... pero solo un dolor punzante y abrasador es lo que consigo al forzar mis articulaciones... Estoy tumbada de lado, con los pies atados, las manos comprimidas a mi espalda, y los pulmones no me dan abasto; el miedo demanda oxígeno y yo... ni siquiera... puedo... ¡respirar!

Sus manos me tocan, tiran de mí, me agarran de los brazos, me enderezan, hasta que mi espalda choca contra la pared... Dios, ¡me duele todo!...

¡Déjame! ¡No me toques!; mi mente grita, porque el pavor no permite a mis cuerdas vocales esbozar esa queja gutural que necesito.

El temblor de mis músculos casi deja paso a la convulsión de mi pánico; pero, de repente, este desconocido, mi captor, me acaricia la cara y... abro los ojos; no me había dado cuenta que tenía los parpados cerrados y apretados... El tenue y frágil rayo de luz lunar le da en el rostro, ilumina su mirada... El calambre recorre mi cuerpo y esta caricia, esta cálida caricia que no se aparta de mi mejilla es... es como si de pronto, el contacto de su piel, el contacto de esta piel ajena y desconocida calmara mi dolor, llamara nada a mi sufrimiento.

Puede que esté loca, quizá la privación de sensaciones a la que he estado sometida todo este tiempo de mi secuestro, a la que he sido condenada desde que casi tengo uso de razón, me haya trastornado... Pero, nunca nadie en mi vida me había mirado de esta manera: sus pupilas me traspasan el alma... su caricia me abriga, me pide perdón en silencio, me dice que deje de temer, me abraza sin ser abrazada. No le veo la cara, lleva un pasamontañas y, la opacidad de mi encierro no me permite distinguir nada más, pero esa mirada... no sé cómo describirlo... es... es... luz.

—Shhh... no tengas miedo, no voy a hacerte daño. Voy a quitarte la mordaza... Si quieres grita, estamos demasiado alejados de todo, nadie te va a oír. —Su voz es profunda y, está preñada de dulzura, de ternura, de arrepentimiento. Le creo. Sé que no va a hacerme daño, lo sé antes de que pronunciara palabra.

No entiendo por qué confío tanto en él, no lo conozco... me ha secuestrado. Tendría que temerlo, tendría que odiarlo, pero...

Sus manos resbalan por mis pómulos, retiran suavemente la tela que me presiona... y yo, me estremezco con su roce; no quisiera que acabara nunca... No quiero que deje de mirarme, de abrazarme de esa manera tan etérea pero tan palpable... No es un abrazo de cuerpos, es un abrazo de almas... Y en este momento su palpitar me revela que no hay diferencia entre él y yo... Somos prisioneros de un destino no elegido.

Sus dedos tocan suavemente mis labios cuando la capa de tela mugrienta que los cubría cede. Casi puedo escuchar su anhelo: *"Ojalá pudiera besarla".*

Creo que si lo hiciera, que si inclinara la cabeza hacia mí, si su aliento se uniera con el mío, si sus labios se atrevieran a tocar la piel de mi boca, no habría resistencia. Yo también lo deseo.

Con sumo cuidado extrae el trozo de tejido que llenaba mi cavidad bucal. Aparta su mirada, se retrae...

"No, no... ¡Mírame!"; grita mi cerebro.

Y su estímulo parece oír mi silenciosa orden.

Sus pupilas se clavan en las mías, se fusionan. Me acerca algo a la boca... Mis sentidos siguen entumecidos, solo el tacto parece funcionar. No quiero romper la conexión.

—Es chocolate, come. —Su voz me saca de mi abstracción, quiebra por un momento nuestros halos.

—A... agua... —Consigo esbozar.

Lo veo encogerse, chasquea la lengua encorajado y... descolocado; se guarda la barrita de chocolate en un bolsillo de su chaqueta, creo... No lo percibo bien. Y me arrepiento de mi petición, ha dejado de mirarme... y yo...

—Lo siento, qué torpe soy, claro... Estarás sedienta... —Se pone de pie y sale de la habitación. Sus pasos se alejan y me siento abandonada.... Extraño, ¿verdad?

Ha dejado la puerta abierta, la reacción normal de alguien que se encuentra en mi misma situación sería la de luchar por escapar, a pesar de las ataduras que todavía persisten en mí; sin embargo, no me muevo, lo espero…

(Ya lo dije antes: No hay diferencia entre este cautiverio o el otro)

Vuelve, se acerca… En sus manos lleva dos objetos y… ¿Quién ha dicho que el agua no tiene olor?... Oh, Dios, yo la huelo.

Se agacha hasta ponerse a mi altura, el rayo lunar vuelve a acoplarse con sus pupilas; el calor regresa a mi espíritu; escucho el chocar del cristal de una jarra con el borde de un vaso, el agua caer como cascada en el recipiente… Mi garganta se activa, mi lengua busca la humedad, mi organismo reclama por un poco de hidratación.

Me aproxima el vaso a la boca, y absorbo el líquido con ansia.

—Ey, tranquila, bebe tranquila —me calma, y seca con un pañuelo el agua que el engullir ha hecho deslizarse por mi cuello. El olor del pañuelo, de su mano, me distrae de mi sed. Pero, bebo, sigo bebiendo… Un vaso, llena el segundo, el tercero…

"No"; niego con la cabeza… *"No puedo más".* Acata mi petición.

Aleja el vaso, lo pone sobre el suelo y vuelve a sacar la barrita de chocolate de su bolsillo.

La vista se me está acostumbrando a la penumbra, distingo su silueta, sus actos, cada vez con más claridad… o, quizá, la luz de la luna ha hecho de esa pequeña grieta de madera carcomida del techo, un agujero mayor donde poder colar sus rayos: alumbrarnos, entendernos, ayudarnos a escapar… pero, no de esta prisión de paredes, cuerdas, mordazas, pasamontañas y dolor… Nuestros barrotes van más allá de un mero encierro.

Se hace el silencio; sin embargo, nuestro interior grita… Me acerca la barrita de chocolate a la boca.

—Come —me ordena de forma férrea, intentando esconder esa complicidad, ese arrepentimiento, esa ternura, que hasta ahora me había mostrado. Haciendo esfuerzos por separar nuestro vínculo…

Víctima y verdugo. Busca el hielo pero el calor es más fuerte. Su voluntad se quiebra.

—Me duelen los brazos. ¿Puedes soltarme? Por favor…

—No puedo soltarte. Come —me espeta; reteniendo sentimientos una vez más.

Noto su lucha interior. La mía hace tiempo que se rindió a la espera y a la esperanza.

Aprieta la barrita contra mis labios. La muerdo y la mastico lentamente, aunque mi estómago me pide tragar sin siquiera digerir. Sus ojos se quedan fijos en los movimientos de mi boca… hipnotizado. Su necesidad es tan palpable, que la respiro.

Oh, Dios, me muero por sentirlo.

No comprendo qué me pasa, qué nos está pasando.

Un nuevo bocado, su mano tiembla, su respiración se desboca.

Se levanta, se aleja todo lo que puede de mí... Se lleva las manos a la cabeza, los músculos de su espalda se ensanchan al compás de ese grito que retiene.

—Si lo que buscas es un rescate... Mi marido no pagará un céntimo por mi vida —lanzo mis palabras, y sé que para él son apercibidas como una puñalada: cada sílaba que mi boca pronuncia es un flagelo a su interior.

Se retrae; y su risa se carga de pesar y lágrimas.

Se gira hacia mí con rabia, tira del pasamontañas y su rostro queda al descubierto en la penumbra.

Su bella cara me impacta, no tendrá más de 30 años; pero en cada centímetro de su faz se adivina un enjambre de arrugas, a pesar de que su piel rebose juventud. Las heridas del alma son una cruel realidad imposible de ocultar.

—No tengo intención de pedir ningún rescate; pero ese hijo de puta va a pagar por cada uno de los crímenes que ha cometido... y tú con él.

Las bestias lo dominan por primera vez desde que entró en esta habitación. Se abalanza sobre mí, tira de mi cuerpo con una fuerza descomunal hasta alzarme, hasta hacer que mis pies impedidos, deformados por las cuerdas del presidio, toquen el suelo, se apoyen en él. Su cuerpo aprieta el mío. Cada fibra muscular, cada átomo de su ser impacta con mi piel, que lo reclama, a pesar de todo...: a pesar de su rabia, de su mirada cargada ahora de fuego; de su mano alrededor de mi cuello, deseando apretar... Pero, no aprieta... Sé que no va a hacerme daño... Eso lo convertiría en un asesino, lo igualaría a él.

—Yo soy una víctima más... ¿Crees que me tienes prisionera por este encierro, por estas ataduras?

Comprime los dientes cuando mi reto vocalizado lo golpea. Su cuerpo reverbera, sus labios sucumben dementes ante ese impulso incontrolable de besarme. Un beso fiero, ansiado, que sabe a venganza, a locura... ¡a desahogo!

Mi boca se aferra a la suya; nuestro sentido y razón ha quedado reducido a un mero instante, en el que me convierto en esclava y ama de sus sentidos; en el que él se transforma en tormenta, fuego, agua, ¡viento!

La realidad nos sacude, su cuerpo se separa, resbalo hasta el suelo, su alma queda en mí...

Grita, y esta vez sus alaridos rompen el aire, duelen, traspasan...

—Eres igual que él... —Y su voz tiembla obligada por el llanto —... Te mereces la muerte.

—Solo soy una víctima más —insisto en mi sentir... Ya da igual si no me cree. No puedo más.

—Te llaman la Dama Diamante... Lujos, sonrisas, ¡fiestas!... ¿Ahora me vas a decir que no sabes de dónde viene ese dinero? ¡Mi hermano murió por ese puto dinero! ¡Es dinero manchado de sangre, es dinero manchado de coca! Tenía 16 años y una vida por delante, ¡maldita sea!

—Quítame la blusa, o desátame las manos para que pueda quitármela. —Mi petición irrumpe e interrumpe el delirio.

Su bello rostro se deforma al escucharme, me llama loca con su gesto.

—¡Hazlo! —le exijo; aun a riesgo de que se marche, aun a riesgo de romper definitivamente su demencia y que termine lo que hace un instante no pudo empezar. Prefiero que su mano apriete mi cuello antes de seguir viviendo esta tortura.

Viene hacia mí y desfoga toda la impotencia sentida sobre mi súplica, desgaja la tela de mi blusa y su espíritu estalla, su mirada se quiebra… Mi maltratado cuerpo queda al descubierto… Quemaduras, latigazos hundidos en mi carne… muestras de piel quebrantadas, heridas incurables de un alma.

—Ésta soy yo… La cara oculta de la Dama Diamante… El llanto callado y prisionero de una niña abandonada a su suerte, obligada, amenaza y condenada por un demonio.

—Dios mío… —Su cuerpo pierde fuerza, se desmorona… Me abraza y llora desconsolado… Afloja mis ataduras, desaparecen… Y nos fundimos… en llanto, locura, amor y libertad.

"¿La venganza? Se la cobró la propia vida… El gran Capo, la bestia cayó abatida a tiros por gente de su propia banda, de su propia confianza. De la Dama Diamante nunca más se supo; de mí, solo hay que saber que soy libre entre los brazos de mi captor".

La llamada del destino

Mi madre solía decirme que yo había nacido con un don, y en cierto modo, es así… No veo a través de mis ojos; pero no soy ciega, nunca me he considerado ciega… Puedo ver cuando los sonidos me invaden, cuando el viento me envuelve y me enseña con sus perfumes cuál es el color del cielo; mis manos tocan la frescura de la hierba, la suavidad del crepúsculo, y lo áspero de las paredes de esta ciudad; lo rudo y duro del asfalto. Las sonrisas y suspiros de los caminantes que pasan por mi lado, el ladrido de aquel perro, el quejido de un gato osco que clama su ración de comida enfrente de aquel restaurante.

No. No soy ciega. Puedo ver más allá de un hasta luego, de un hoy, y de lo que un adiós encierra. Miles y miles de percepciones que me inundan, que nos inundan pero que, vosotros, que os jactáis de ver, las dais tan por sentadas que, difícilmente podéis discernirlas.

Mi maleta me acompaña, la música que la estación de tren destila, me sirve de guía; el palpitar de mi corazón, el cosquilleo de mi estómago, y el sonido de mi bastón al chocar contra el suelo y las paredes de forma nerviosa, dejan claro el impacto de la emoción que me abraza… Lo único que tengo seguro de esta nueva etapa de mi vida es, el destino de mi nuevo encuentro…

Vuelvo a mi pueblo de nacimiento: regreso a mis orígenes; a pesar de que no me espere nadie allá, ni nadie guarde de mí ningún recuerdo... Dejé Santa Rosa con mi madre cuando apenas yo contaba con un año de vida... Nelly, mi amiga del alma, prácticamente mi hermana, me dice que estoy loca; y en cierto modo tiene razón, es una locura...

¿Veis? Eso es lo único que me duele de esta aventura, alejarme de ella, de Nelly, haberla engañado... Pero, jamás me hubiera permitido partir, no en las condiciones que he decidido hacerlo: he dejado mi trabajo, mi estabilidad, mi vida, en busca de... No lo sé. Lo único que puedo decir en mi defensa, es que siento en mi interior que me falta algo: a pesar de la seguridad que esta ciudad donde vivo me ofrece, tengo que coger ese tren, a Santa Rosa, a esta hora, hoy, hoy mismo y... sola.

Siento que mi destino me empuja; es una comunicación con el ambiente que no puedo evitar, una especie de... ¿obsesión?

"Estoy bien, voy a estar bien, Nelly; espero sepas perdonarme algún día" ... *Para cuando encuentres mi nota, yo ya estaré sentada en el tren camino a mi realidad.*

Llego al control de equipajes y meto la mano en mi bolso para sacar el billete; lo palpo, me habla... *"Adelante, Elisabeth, no mires atrás, sigue tu instinto"*; suspiro... Aprieto el bastón contra mi cuerpo para poder levantar la pequeña maleta que me acompaña y subirla a la cinta del escáner; la señorita del otro lado se acaba de dar cuenta de mi invidencia; puedo notar su asombro al comprobar que he puesto la maleta justo en el centro de la cinta, percibo su premura por auxiliarme aunque, en ningún momento haya necesitado auxilio... Le sonrío y por la forma de hablar y el ritmo de su respiración sé que la he desconcertado... Se acerca y creo que hace ademán de sostenerme.

—Espere, voy a llamar al auxiliar para que le ayude, ¿viene sola?

—No se preocupe, solo dígame cuál es la plataforma de mi tren, yo sabré llegar.

Me mira perpleja, puedo percibir su duda... Es maravilloso lo que comunicamos a través de nuestras vibraciones, sentidos y movimientos...

—Es todo recto, señorita... Emmm... —parece que está leyendo el billete —, Elisabeth... Álvarez. Plataforma 2... Vagón 8; pero, insisto...

—Está bien, llame al auxiliar... —Al final accedo, sé que se va a quedar más tranquila; y sí, voy a necesitar ayuda para subir al vagón correcto.

Suspira aliviada, y llama al chico...

Pobre, está nerviosísimo; tanto o más que yo. Creo que es su primer día de trabajo, me habla de forma muy educada, pero, a veces, su conversación trastabilla por los nervios... No puedo borrar la sonrisa de mi cara mientras avanzamos por el andén y él me acompaña transportando la maleta. Por fin llegamos al vagón. El muchacho quiere entrar conmigo hasta tenerme a salvo y sentada en el sitio correcto, pero, mi destino comienza aquí, lo presiento...

—No te preocupes, sé cuál es el número de mi asiento: 10B. Preguntaré...

—¿No quiere que le ayude con la maleta? —Titubea, no sé por qué tengo la sensación de que estoy haciéndoles pasar a todos un mal rato esta mañana con mi testarudez, pero…

—No pesa nada, de verdad… —Le aseguro. Mi mano al aire busca mi bolso de viaje, lo atrapa y suavemente se lo quita al amable auxiliar, que no opone mucha resistencia; bueno, supongo que tengo una fuerza de convicción arrebatadora, siempre me salgo con la mía; mi sonrisa se ensancha—. Toma y… gracias por todo—. Saco del bolso mi monedero y le doy una buena propina. No me la iba a aceptar, pero al final, vuelvo a conseguir mi propósito; además se la ha ganado.

"Al fin solos"; le digo a este karma que me ha traído hasta aquí, mientras lanzo un suspiro e inspiro el aire, alzando un poco los hombros para ayudar a que mis pulmones lo acojan: y el olor a moqueta, a metal, a viaje, a destino… entra por mi nariz: lo atrapo, lo saboreo… se comunica conmigo… Oh.

Doy mi primer paso hacia esa llamada que grita en mí, que nadie entiende, (a veces, ni yo misma) … Arrastro mi maleta, mientras mi mano va rozando los asientos y mi mente va contando las filas mentalmente: 1… 2… 3… El vagón está concurrido; las conversaciones de aquellos que ahora son mis compañeros de viaje, son recitadas… y describen historias que me llegan, que se mezclan; diferentes narraciones, pintadas de matices, moldeadas por vivencias, que quedan escritas en mi mente como pequeños flashes, como relatos de vida y ficción de una antología.

Pero, entonces, un tacto se posa sobre mis dedos, mi piel se eriza, frunzo el ceño; un calor cubre mi cuerpo, detiene mi avance, paraliza mi mente, mi respiración... Unos ojos traspasan mi alma... La maleta cae a la moqueta... Su aliento masculino cubre mi olfato con olores a menta y té... No he escuchado su voz, no me hace falta... De repente, solo cuenta el silencio... Somos dos desconocidos, (aunque inexplicablemente sintamos que nos conocemos) empujados por una misma llamada, una misma obsesión, que nadie entiende, abocados a construir una misma historia, nuestra historia...

Ahora lo sé...

Tenía que coger este tren, hoy, a esta hora; este tren con destino a mis orígenes, con destino a... ti.

La magia de tu mirada

Me recuerdo sentada, mirando por la ventana en esos tiempos de adolescencia, en que todavía creía en los cuentos de hadas. En un bello castillo que majestuoso se alzaba, donde el atardecer tomaba forma y el sol... el sol tintaba de inimaginables colores sus muros con cada amanecer.

Bosques encantados de misterios y magia; lagos de aguas transparentes donde buscar un reflejo, donde poder encontrar los susurros de la reina de los elfos: resurgida y renacida en la corriente. Esa misma corriente, donde desnuda, yo, me dejaba vestir por la pureza de su húmedo caudal.

Aquellos tiempos donde aún la inocencia me hablaba y, soñaba, soñaba...

Hoy, a pesar de ser adulta, de los baches, de las lágrimas, de la lucha por la vida y un vivir, persisto en cerrar los ojos, dejarme atrapar por aquel cuento; ser princesa de tus sueños, reflejando otras mil sonrisas en ese lago de juventud eterno que representan tus ojos cada vez que me dices: "*Niña*..."; cada vez que tu caricia me alienta a perderme en tu mirada.

No hay más realidad que aquella que se sueña, y ahora sé, que aquel cuento, que aquel ensueño... eres tú.

Hoy, me has hecho creer de nuevo en el amor…

CarpeDiem

El sonido de mi propia respiración retumba en mis oídos, golpea mi cráneo…

Dum… Dum…

Dum… Dum…

El corazón galopa fuerte, envidioso de la rapidez con que mis jadeos empañan el ambiente, perturbando la poca razón que me queda, que me sostiene en pie, ¡viva!

Yo misma te vi marchar, aquella horrorosa noche en la que descubriste tu auténtica cara, en la que aquel falso ángel cayó y me mostraste tu verdadera alma de demonio.

Pasé tanto miedo.

¡Tuve tanto miedo!

Tengo… tanto… tanto…

Aprieto fuerte el sobre que contiene el objeto inerte que me ha traído hasta aquí. La lluvia cala mi cuerpo, me empapa; aunque no soy capaz de sentir ni un ápice de humedad sobre mi piel… Tiemblo sin tener frío… Mis pensamientos llenan mi mente de ruido y, sin embargo, el penetrante silencio me envuelve…

No puede ser. No puede ser…

Resbalaste en el forcejeo, caíste nueve pisos abajo aquella noche de lluvia en la que intestaste asesinarme, en la que planeaste mi suicidio. ¡Te vi morir!

El ruido de unas pisadas marcadas sobre los adoquines mojados que alfombran esta solitaria calle me hace girar. Mis ojos se abren, el miedo me paraliza…

—¿Hola? —mi boca exhala; aunque la única respuesta que me devuelve el entorno es el sonido casi imperceptible del vaho que mi aliento fabrica, retorciéndose al contacto con este gélido aire que, lucha por entrar en mis pulmones con cada inspiración colmada de pánico.

La calle está sola. Tal vez, es el terror el que me hace alucinar.

Oh, no debí venir, no debí arriesgarme…

Pero necesitaba comprobar que no había posibilidad de resurrección.

Cuando encontré el alfiler de pelo en lo alto de la mesa de mi despacho… Oh…

Me había desecho de él… ¡Tiré todas tus cosas! Todos tus regalos. ¡Todos tus recuerdos!

Nadie más tiene llave de mi oficina… Nadie más conocía de nuestro primer encuentro en esta calle, a las puertas de este pub que cerró la misma noche de tu muerte: *"En el Carpe Diem"*; eso ponía la nota que me dejaste al lado de este alfiler dorado: *"A las 12. Esta noche… ¿Vendrás?"*

Mi cuerpo tirita de arriba abajo, mis piernas flaquean; pero, respiro y me yergo… Mis manos temblorosas abren el sobre que oculto debajo del abrigo, y sostienen el alfiler… La pesadilla que viví contigo me habla a través del metal de la baratija.

No, no, ¡no!

—¡Estás muerto! —grito en voz alta mi pensamiento y…

—¿Muerto?

Todo gira a mi alrededor, ¡el infierno vuelve!

Me atrapas, me ahogas sin necesidad de mordaza: solo el contacto con tu cuerpo, tu mirada enajenada y tu boca sedienta de óbito, me produce asfixia…

—Te vi… Te vi caer…

Te ríes, te burlas de mí… Mientras tus brazos condenan mi cuerpo a una trampa mortal.

—Ah, ¿sí? ¿Me viste caer? ¿Acaso viste como mi cuerpo impactaba contra el suelo? ¿Viste la sangre salir de mi cráneo fracturado, aplastado…? No… Todo estaba planeado, preciosa… Todo milimétricamente planeado para llegar a este momento… Tenerte aquí, entre mis brazos… Oler tu terror por segunda vez… Sentir crujir tu… ¡Aaah!

Su cara se deforma, sus ojos me miran incrédulos… la sangre caliente se derrama por mi mano, chorrea, se mezcla con esta lluvia que nos moja… El alfiler hundido vibrando con cada impulso de un corazón que lucha por mantener con vida el aliento del asesino… Su boca se abre, el vibrar cesa. Su cuerpo cae… a mis pies.

La muchacha del lago

En este lago azul, vestida de azul, transpirando pensamientos al aire... Cerrando los ojos, sumida en el sabor de una libertad anhelada... Dejo que el agua acaricie y moje mi cuerpo; que me haga el amor de una forma suave y, pausada...

Y con sus mimos, sus caricias... consiga curar cada centímetro de mi piel, de mi espíritu... Llevándose los resquicios de un pasado que, necesitaba limpiar, expiar, renovar...

Permito que la corriente me tome, que se fusione con mis poros, con mi alma; arrastrando consigo aquella persona que nunca fui, pero que otros pretendieron que fuese.

Y sé, que cuando abra los ojos, en este lago azul, de sueños azules y cadencias... Las cadenas impuestas que me agriaban, habrán fenecido.

Y sé, que podré gritarle al viento mi victoria... Clamar la existencia de este corazón que sigue latiendo y que, jamás, volverán a silenciar...

La plaga

El agua golpea la ventana, mi mano absorbe y siente cada impacto, cada pequeña vibración de esta maldición que no ha parado de brotar del cielo desde hace cinco meses, diez días y, veintidós horas...

Es demencial...

El ruido incesante de la lluvia al caer es lo único que trastoca el ambiente y tortura mi cabeza, como si cada gota de agua, imitara al zumbido seco de un mazo chocando contra mi cráneo una y otra vez... y otra... Y la angustia... Y los recuerdos transformados en pesadilla...

Le dije que no saliera; que había visto el efecto de esta extraña lluvia sobre cada molécula viva del exterior... El agua dejó a los árboles desnudos, los fue descarnando poco a poco hasta convertirlos en montículos callados y tétricos de ceniza; los pájaros sonaban a crujido seco y lóbrego sobre el pavimento, confundiendo la muerte con el reflejo encarnado de este cielo gris que se ha vuelto tumba...

Y él...

—Por Dios, Josué, no salgas... ¡El agua te matará! ¡Ya lo has visto!

—¡Moriremos de todas formas, Sandra!... Es una plaga creada en el laboratorio, y en cierto modo me...

¡siento culpable! —Y me llevó a la ventana, esta misma ventana que es mi encierro, ¡que odio! —. La lluvia no hace nada a la materia muerta... ¡Fíjate!... Los coches, el suelo, los edificios, hasta... ¡los putos bancos del parque siguen intactos!... ¡Tengo que intentarlo! ¡Tengo que frenarlo! Si cubro mi carne con bolsas o cualquier material aislante, y evito el contacto con la lluvia... Quizá, pueda llegar a un coche y de ahí a la central... Algo estaban tramando en la organización y... ¡yo lo sabía! Por eso me apartaron y me dejé apartar como ¡un cobarde! ¡Maldita sea, hijos de puta!

Lo agarré fuerte, lo abracé como nunca lo había abrazado. Nos besamos, conscientes de que sería nuestra última vez... Todo mi cuerpo fundido con el suyo, para sellar en mi piel, en mi alma... el recuerdo de su calor, de su respiración, de su olor...

Le hice caso en todo; lo ayudé a cubrirse con cosas que teníamos en casa, siguiendo sus órdenes al pie de la letra... Temblábamos aterrorizados, mientras se vestía, mientras apretaba sus muñecas con aquella cinta adhesiva que sellaría las capas de plástico y cobertura impermeable...

Nos miramos, nos hablamos con un atronador silencio. Abrió y cerró la puerta... Lo escuché bajar las escaleras y pegué mi nariz al cristal de esta ventana...

Recé y recé, a pesar de no creer en nada; y cada golpe de mis labios, cada sílaba desprendida de mi boca tatuaba mi desesperada oración en el maldito y helado vidrio...

Por un momento, la esperanza aceleró los latidos de mi corazón porque... la protección, esa vestimenta improvisada estaba funcionando; Josué estaba andando bajo la lluvia a punto de alcanzar el coche, pero… pero…

¡Dios! Aún sigo escuchando sus gritos, sus alaridos… ¡Se deshizo! ¡La lluvia lo deshizo!... Y… y…

Clap, clap, clap… Las gotas golpean el cristal… Tengo sed; hace dos días que la poca agua potable que quedaba en casa se agotó… Cinco días desde que me llevé algo sólido a la boca…

Miro al cristal de esta ventana… a las gotas que escurren sobre el vidrio, las siento… Mi lengua se remueve, mi mano se arruga, chirriando las uñas, queriendo atrapar la imposible humedad…

No puedo más… ¡No puedo más!

Mis piernas se olvidan del miedo, la locura me absorbe, estalla en mi interior…

¡No pienso esperar a la muerte!

Si me quiere, ¡a ella me entrego!

Corro en su busca, segura de mi fin, casi rogándolo…

Abandono mi encierro…

El sonido de mis pasos retumba en la escalera, en el ambiente muerto…

La puerta del edificio está abierta, respiro la brisa, pero… pero… quiero más…

Mi mano sobre el corazón, la sangre se agita fuerte en mi cuerpo… El sudor sobre mis labios aún pretende saciar mi sed, persuadirme de la entrega a lo oscuro…

Sin embargo, avanzo hacia el deseo y, la lluvia me roza, me moja, me baña… Cierro los ojos presintiendo el dolor venidero… aunque, aunque… nada… ¿ocurre?

Mi mente ordena a los parpados abrirse a la luz y, todavía me sobrecoge la idea de comprobar mi carne desecha y ensangrentada, pero la lluvia ha cambiado… A mi alrededor, otros humanos comienzan a salir de su prisión y, nuestras miradas, de pestañas humedecidas e incrédulas se fusionan, en una mezcla de extrañeza, fortuna y alivio…

La plaga ha terminado, y también nuestro merecido castigo…

La Tierra nos ha perdonado de nuevo, de nosotros depende… la completa redención.

Lección aprendida

Fue un instante. Un preciado instante donde el cruce de realidades me despertó de aquel mal sueño, en el que lo único que deseaba, era que me dejaran en paz y fundirme con el aislamiento.

No me importaba mi vida. Ni siquiera estaba seguro de mi existencia.

Antes, me burlaba de aquellos tontos que lloraban por un amor no correspondido.

Nadie debería de juzgar el momento hasta vivirlo en propias carnes.

Yo lo juzgué, y el destino me ha dado una lección.

Pero, al mirarme al espejo esta mañana y ver, al fin, el reflejo que me devolvía. Me vi como un completo extraño, alguien irreconocible comido por la enfermedad del desengaño.

Reaccioné. Respiré y, me dije a mí mismo: "Lección aprendida".

Libre

*L*a oscuridad se cierne en el camino, ni siquiera aprecio el cambio de tonalidades en el ambiente. No llueve, pero la humedad suena palpable a cada paso de mis zapatos. Un pie delante del otro. Avanzando. No sé muy bien hacia dónde. Tampoco importa. Mi único objetivo es liberar la opresión que abrasa mis pulmones, el estrangular etéreo que sostiene mi cuello. Boqueo mi respiración; el vaho exhalado juega a imitar una calada inexistente de humo fumado… Avanzo, sigo avanzando. Sin rumbo. El frío aire corta mi piel, maltrata mis poros como puntas de cristales malintencionados; sin embargo, el gélido dolor del entorno sobre mis mejillas es un alivio para mi espíritu escondido: oculto… Mi sentir ha decidido enmascararse para intentar sobrevivir. No hay pensamientos en mi mente. Los evito. Son pensamientos e interrogantes convulsos y compulsos de un porqué, de un pasado que acabó justo cuando un impulso me hizo dar el primer paso hacia ningún lugar.

—¡Victoria! —Tu voz llega a mí como un ruido. No hay estremecimiento, ni amor, ni odio, ni… miedo. Mis pies se detienen, no obstante.

Inspiro, espiro: vaho, frío… Mis pulmones se acercan al filo del colapso.

Giro mi cuerpo hacia ti, mi alma continúa inmutable mirando hacia la nada. Sin embargo, nuestras pupilas conectan: las tuyas piden perdón; las mías son incapaces de transmitir o emitir estímulo.

—Yo, yo no sabía... Pensé que él y tú... —tartamudea, quiere acercarse, pero yo me aparto.

Un paso hacia atrás, dos... que en realidad son hacia adelante.

Y ese acto de renuncia adquiere total consciencia: estoy despertando de un trance.

Sonrío, le hago sonreír... El alivio le colma, siente que ha vuelto a ganar. Su pecho se ensancha al respirar el aire de triunfo que su boca está saboreando.

—Te juro que desde ahora todo será diferente... Se acabaron los celos y... Te lo juro... —La misma promesa de siempre, cargada de falsa súplica.

—Sí, claro que todo será diferente. —Mi sonrisa se quiebra, la ironía rompe cualquier posibilidad de réplica alzando mi respuesta, mientras la suya cae.

El frío me envuelve, pero ya no me daña. Las garras que atenazaban mi cuello, mis sentidos, mi ser, desaparecen.

Viro mi cuerpo, fusionado, ahora, con una razón lejana al sufrimiento constante que tú significabas. Mi mirada apunta al horizonte, al futuro, al mañana.

No he ganado, ni perdido... Simplemente, voy a comenzar a vivir.

Libre.

Libro inacabado

Dejó la lectura apartada un momento. Sobre la mesa, la novela cerrada, detenida en la página 123 y, un lápiz sobre una cuartilla. Necesitaba escribir todo lo que había sentido al leer aquella historia, todavía inacabada; una historia pintada de ficción, pero, sin embargo, sentida en propias carnes como si la realidad le estuviera jugando una mala pasada. La chica del libro se llamaba Violeta, como ella…

Sintió un escalofrío, el libro cerrado en la página 123, detenida su lectura a las 12: 30 de una noche tormentosa y fría, como describía esa última línea que no fue capaz de continuar… Su mano temblaba sobre la cuartilla en blanco… Temía escribir su pensamiento y, que la lectura lo reprodujera en cuanto abriera el libro…

"No hay nada que temer…"; escribió al fin, con pulso tembloroso y baile de grafito que distorsionaba la impoluta caligrafía que la caracterizaba.

La tormenta tronó de nuevo, la luz del flexo de su escritorio crujió al compás del trueno, y la habitación quedó a oscuras por tan solo unos segundos. Gritó impresionada, asustada…

Con un convulsivo aspaviento, empujó con su mano el libro inacabado que, terminó cayendo al suelo. El golpe lo abrió por la página detenida.

Página 123.

Violeta cerró los parpados, los apretó muerta de miedo. La luz había regresado de golpe, no quería descubrir la continuación del libro, o, quizá, la continuación de su propia vida. Pero un fuerte relámpago la hizo abrir los ojos, sus pupilas se dilataron.

"No hay nada que temer"; leyó en el libro. Una nota escrita por la protagonista de la historia, con pulso tembloroso y baile de grafito que... distorsionó por completo su razón.

Límite

Es tan fácil dejarse arropar por el silencio, por la noche… por tu respiración…

Ahora duermes, yo también debería hacerlo; pero es imposible cerrar los ojos cuando me siento tan plena, cuando aún el cosquilleo de tus manos, la caricia de tu aliento está tan activa en mi piel.

Y te miro y me pregunto si la palabra límite tiene algún sentido en este instante y momento.

No encuentro límites cuando tus ojos me hablan, cuando tus labios se acercan a los míos y el calor de tu beso me forma, me conforma, me hace renacer…

¿Debería haber límites para el latir de un corazón abrazado a un alma? ¿Para amar? ¿Para la felicidad?

¿Debería haber límites para una creencia?

Pensaba que me habían roto.

Tú me mostraste que estaba más construida que nunca.

Me has enseñado el significado del silencio, el matiz de un gesto, la profundidad del cariño…

No.

No hay límites… cuando se trata de ti.

Lobo y mujer

Érase una vez, una niña encerrada en un cuerpo de mujer. Una princesa que ya no podía creer en los cuentos de hadas; que escondía su alma, su miedo… tras una caperuza, tras un escudo protector de color rojo fuego. El escudo la libraría de peligros hasta llegar a aquella casa, a aquella cabaña alejada y oculta en mitad del bosque, donde la vieja del oráculo la esperaba… La anciana le daría el valor y la sabiduría suficiente para no volver a sufrir un desengaño de amor. Su corazón estaba demasiado herido y, cansado, a pesar de su extrema juventud.

Fue largo el camino, oscuro, tenebroso…

Voces… voces extrañas que parecían salir de aquellos troncos que, sostenían ramas llenas de moho, podredumbre y desnudez, la acechaban… Aquellos árboles, transformados en esqueletos latientes, susurraban cánticos opacos, delirando una advertencia: *"La joven del escudo de fuego hallará la muerte al llegar a la caballa…"*

—Vuélvete, no sigas… La vieja del oráculo te matará… —Repetían aquellos murmullos envueltos en locura, que la hacían estremecer…

La chica de la caperuza de color ardiente, sintió miedo, sí… Más de tres veces, más de cuatro, estuvo tentada de tornar sus pasos hacia atrás, correr, salir de ese bosque; y volver a esa vida vacía y cruel donde, sus pulmones la mantendrían viva, pero... la soledad, el recuerdo de aquel amor que la engañó, que la abandonó sin explicación, regresaría para asfixiarla.

Necesitaba que aquel oráculo anciano y colmado de experiencia, guiara sus pasos, la hiciera fría para dejar de sufrir... No quería llorar más, nunca más, por aquel hombre que desapareció de su existencia, después de prometerle el cielo y bajarle las estrellas a su paso.

Al fin, el espeso y arduo camino se abrió y, un repentino e inesperado claro en el bosque dibujó en la penumbra la silueta de una cabaña en ruinas.

La joven suspiró fuerte, (había llegado a su destino) ... El frío penetró en sus pulmones y el vaho exhalado quedó suspendido en el aire... Por un momento, el humo de su espiración pareció formar una mano que señalaba hacía el lado opuesto, urgiéndola a retornar al bosque, a abandonar su empeño de entrar en la cabaña. Sin embargo, sus sentidos ignoraron, una vez más, la advertencia; cubrió con su caperuza de fuego su cabeza, y sus pasos se acercaron hacia el lugar prohibido...

No tuvo que abrir la puerta. Sola se abrió entre crujidos de madera y el sutil sonido del polvo de serrín, producido por la carcoma al caer en el suelo... La oscuridad pareció devorarla, cuando aquella puerta, se cerró de un portazo y se tornó muro de piedra y zarza.

Unos ojos brillantes, dementes, ensangrentados... se abrieron en mitad de la opacidad... La respiración de un animal la acechaba... El corazón de la chica comenzó a latir tan rápido que dolía... Pero, ni siquiera le dio tiempo a gritar... Esos ojos se movieron hacia ella, el rostro de una anciana deforme, de una bestia surgió de la penumbra... Alcanzó su cuello, y unos colmillos atravesaron su yugular... Aquel monstruo con pinta de vieja comenzó a beber su sangre, mientras en la mente de la chica grababa un mensaje, la declaración de un hechizo envenenado: *"Deseaste un corazón frío, y yo te otorgo lo clamado".*

Entonces, la respiración de aquel animal que, al entrar en la casa, la chica había escuchado, se convirtió en rugido. Justo antes de que el corazón de la muchacha de la caperuza convulsionara en su último latido, pudo percibir, que el resuello del animal no provenía de la vieja bruja, sino de otro ser que compartía la estancia en aquella cabaña embrujada.

El animal se echó sobre la vieja, hincó sus fauces en su espalda y, la apartó de la joven; y sin piedad, devoró las entrañas de aquel oráculo maldito hasta hacerlo desaparecer...

Después, el animal se tumbó sobre el cuerpo laxo de la muchacha... Lamió su cuello durante días, meses... curó su herida, vertió agua rojiza del riachuelo encantado en su boca... Hasta que ella abrió los ojos y, descubrió a aquel lobo blanco que lloraba sin consuelo sobre su regazo.

No sintió ningún miedo cuando se dio cuenta de la presencia del animal... Algo extraño, hermoso... la conectaba a ese alma que la había salvado.

La chica movió su mano, y acarició el suave pelaje de su salvador.

El lobo paró sus sollozos, la miró... y entonces ella supo, que lo cuentos de hadas existían, que había sido el amor y no el dolor, lo que la había llevado a atravesar el bosque, lo que la había empujado hasta la cabaña…

Su amado jamás la había abandonado, solo fue víctima de un hechizo cruel, que los separó; pero que los volvió a unir, en aquel claro, en aquel bosque… donde la bruja al fin había muerto. Y ellos: lobo y mujer, entre árboles renacidos, cubiertos de color, espíritu y luz, vivieron su amor, felices, para siempre.

Luna

Muchos pensaron que fue un asesinato, un caso cerrado por falta de pruebas y continua confusión; otros, inventaron el suicidio de una joven de cabellos oscuros, piel de porcelana y mirada color violeta: fija en un punto, clavada en el techo, gélida, ausente de resuello; aunque con el temor hendido y henchido en su gesto fenecido.

Lo más duro para mí no fue contemplar ese caparazón tendido en el suelo, donde mi suspiro, mi alma habitó incluso antes de nacer... No... Eso no fue nada comparado con sentir su dolor, oír retumbar entre aquellas paredes decoradas con adornos navideños y luces de color, entre aquel hogar que construimos, que era nuestro, solo nuestro... su llanto desgarrado, su grito desesperado pronunciando mi nombre: —No, Luna, mi niña, por favor, ¡no puedes estar muerta! ¡Respóndeme!

Debí contarle todo desde un principio, pero temía perderlo; me ahogaba tan solo la idea de que al conocer mi verdad, huyese asustado... Fui cobarde y egoísta, lo expuse demasiado, cuando mi prioridad tendría que haber sido protegerlo, su felicidad y vida por encima de todo.

Él, a veces, cariñosamente, me llamaba: *"Mi ángel"*.

¿Cómo explicarle a un humano, a un mortal, que aquella que vibraba entre sus brazos, que moría y vivía por esa caricia que me hacía sentir única, redimida, ¡mujer!... no era más que una bruja?

Mi especie me condenó al destierro, me castigó a la más desesperada agonía. Infringí las normas de nuestro mundo: *"Puedes jugar con ellos pero nunca enamorarte"...* El amor está vetado para una bruja; sin embargo, lo amé con todo mi ser, con todas mis fuerzas... y aún mi espíritu vaga entre tumbas a la espera de la fusión: *"Solo si aquel mortal que profanó a la bruja sellare el amor prohibido con un beso en la noche del solsticio de invierno, el alma de la meiga se hará mortal, fusionándose con su cuerpo y con el cuerpo y alma del amado, para vivir en condición humana por el resto de sus vidas".*

Diez ciclos de espera, diez años atrapada en el cabezal de mi falsa tumba, viéndolo pasar cada día, reclamándolo desde este silencio impuesto sin obtener respuesta. Una vez, creí que me escuchaba: vino a dejarme flores en el mármol; clamé su nombre y levantó su vista hacia mí; sus profundos ojos aceitunados colmados de lágrimas y dolor, que antes derramaban felicidad y resuello, que hacían palpitar mi corazón, que me llenaban de la dicha más indescriptible, miraron fijos al ambiente, directos a mis etéreas y translúcidas pupilas... Estoy segura que me sintió, pero... agitó su cabeza, sonrió hastiado llamándose a sí mismo demente y, se marchó.

La maldición lo dejó bien claro: Solo en la noche del solsticio de invierno, la noche del 24 de diciembre, sería posible la fusión profetizada, el quebranto del cruel maleficio.

Sé muy bien que jamás se producirá ese encuentro. Todos los días él viene a visitarme, todas las noches se cuela por el agujero del maltrecho linde del camposanto para dejar sobre mi piedra el beso del descanso. Solo un día con su noche peno por su ausencia: el aniversario de aquel crepúsculo en que mi cuerpo fue separado cruelmente de mi alma por una de mis hermanas (la

Reina Negra del aquelarre), aquella noche del solsticio pagano que se ha convertido en nuestra única posibilidad de salvación. Cuando los cánticos navideños del mundo mortal invitan a la luz, yo fui condenada a la más rotunda oscuridad.

Las campanadas de una vieja iglesia cercana traen su eco, lo diluyen en el ambiente, anuncian la madrugada, el comienzo del solsticio. Mi cuerpo, mi imagen se materializa sobre el suelo de la necrópolis, del hogar forzado donde yace mi fantasma. Las voces lejanas de un coro de niños me envuelven con su sosegada melodía: una melodía forjada de palabras que describen la esperanza, el amor, la paz…

Pero no puedo resistir más esta eternidad.

¡No quiero esta eternidad!

—¿Luna?

Mi cuerpo encorvado, dolorido en pos de mi reclamo, de mi súplica, se yergue…

No, no puede ser…

—Luna… —pronuncia de nuevo… Y solo su forma de romper el aire, el esbozo aterciopelado de la palabra en sus labios, me abraza.

Aun así, temo volverme, girarme, mirarlo a los ojos… ¿Y si no es cierto? ¿Y si es una nueva jugada cruel de las hechiceras de mi mundo? A lo mejor es el comienzo de un nuevo castigo. Jamás se acercó a mi lápida en Nochebuena.

Pero entonces, su tacto, sus manos aferrándose a mis brazos, su aliento asiéndose a mi cuello, me hace estremecer…

—Mi amor… —Cierro los ojos, mientras mi boca lanza al viento nocturno este milagro.

Me vuelve despacio, y mi ser entero tiembla. El oxígeno se abre paso en mis pulmones, su hálito de vida prepara mi renacer.

Sus manos… Oh… esas manos que me turbaban, que me llevaban hasta la más infinita plenitud, acarician mi rostro, retiran suavemente mis cabellos… Sus ojos me abrigan, no hay interrogantes en ellos, tan solo adoración y dicha.

Sus labios rozan los míos, su saliva se transforma en alimento que reactiva la sangre en mis venas. La maldición ha quebrado. Somos carne, hueso, alma y sentimiento; dos seres fusionados en uno, derrotando a la oscuridad, resucitados a la luz más intensa… en aquella noche de solsticio, en aquel amanecer de Navidad.

Maldita obsesión

El amor debería llegar a nuestro corazón con instrucciones de uso y desuso.

¿Cómo dejar de pensarte, si todo me recuerda a ti? Hasta el sonido del aire, una canción, una poesía, la risa espontánea cargada de lágrimas de dos almas que se encuentran en esa estación después de tanto tiempo de espera.

Mis pasos son firmes contra el pavimento de esta concurrida avenida de Nueva York, y mi gesto... mi gesto lucha por ocultar mi interior quebrado en infinitos pedazos sin respuesta.

Miro a mi alrededor... Es curioso... pero, después de todos estos meses y de tanto daño; aún tengo la esperanza de que nuestras miradas vuelvan a cruzarse; y a veces, pienso que estoy totalmente loco por desear continuar con la agonía que significaba tenerte, respirarte...

Tal vez, padezco algún tipo de enfermedad, de masoquismo agudo e irremediable, o, quizá, me has hechizado; no sé... pero...:— Te amo... —Las palabras se escapan de mi boca, a nadie perturban; la muchedumbre camina inmutable por la avenida: rozándome, apartándose... sin hacer caso a mi error, a mi halo...

Me llevo la mano a la cara, aprieto mi piel, noto como los vellos de mi barba dejan señal de mi tacto en la palma, entre mis dedos… intentando borrar o cambiar con esa fricción forzada las líneas que dibujaron mi destino; nuestro destino.

—¡Henry! —me llamas; la sangre se paraliza en mi cuerpo.

El tiempo se torna tangible: corre despacio, a cámara lenta, fotograma a fotograma…

Veo las caras de terror y conmoción de esa muchedumbre que hace un segundo hizo caso omiso a mi confesión de amor por ti. Sus bocas se abren esbozando un grito que no llega a mis oídos. Tan solo oigo a mi corazón retumbar extenuado en el interior de mi cráneo, luchando por mover esa sangre prácticamente coagulada en mi sentir… y tu respiración: agitada, envuelta en este aire espeso y ralentizado… y la absorbo; absorbo cada molécula, cada partícula que me demuestra tu cercanía.

Me giro hacia ti; quiero verte una vez más, sentirte una vez más, obsesionarme un poco más…

Nuestras pupilas impactan: húmedas, dilatadas… cada una aferrada a una locura distinta e inexplicable…

Te muerdes el labio, tu cara se deforma, tus ojos se vuelven impávidos, sin vida…

Disparas el arma que sostienes, la sangre caliente salpica mi cara… ese grito hasta ahora mudo de la gente que nos rodea se ha tornado estruendo. Caigo al suelo sin fuerzas, aún con tu nombre pegado a mis labios.

No siento dolor; quizá, porque es imposible sentir más dolor del que ya me has causado.

Mi vista se nubla; pero me da tiempo a ver cómo otros te alejan de mí, te ponen las esposas, te inmovilizan.

Piensan que estás indefensa, que te tienen controlada.

Mentira, no te conocen.

¡Maldita obsesión!

Mª del Carmen Guerrero

Mentiras y una flor

Fue un instante, solo un instante en el que pensé que volveríamos a construir nuestra historia…

En el que tus palabras, tu "te quiero", tu mirada, parecían haber devuelto su significado a ese espejismo llamado verdad…

Anoche, mientras nos abrazábamos, tu piel retornaba a la vida a mi aliento y, me sentía salvado…

Me dijiste entre gemidos de placer y deseo, perdida entre mis brazos, que yo era tu futuro… que la seducción de aquellos días desenfrenados de oscuro abismo había quedado atrás… Y te creí… hasta la última gota de saliva vertida en mi boca, vestida de besos, sabía a esperanza.

¡Mentira!

¡Eres una embustera, siempre lo has sido!

Lo supe desde el momento en que mis sentidos comenzaron a funcionar esta mañana, al despertar; desde el instante en que me di cuenta que ya no sentía tu calor a mi lado, en esta cama, ¡nuestra cama!

Entonces te llamé:

—¿Denise? —Temblé al pronunciar tu nombre. El pánico invadió mi sentir cuando la habitación me devolvió un espeso y agobiante silencio.

Me di la vuelta en la cama; me habías dejado una flor en el lugar de tu cuerpo; una nota con un "lo siento" en el lugar que ocupaba tu alma… Restos de coca sobre la almohada, una botella de whisky vacía, tumbada en la moqueta…

La historia comenzaba de nuevo, pero, lamentablemente, no era la nuestra… ya no.

Y podría levantarme de aquí, salir a buscarte, como tantas veces en que te ofrecí la mano, mi amor e incluso, ¡mi vida!

Pero, estoy cansado, muy cansado…

Capté el mensaje, cariño: tu mensaje oculto en una flor… que me demuestra que tú ya has elegido… y, princesa, no ha sido a mí.

Milagro nocturno

A veces, bajo aquí, me siento sobre las maderas del viejo embarcadero, respiro y contemplo la luna.

Lo hago en silencio; creo que, si hablara, rompería la magia que me otorga la noche. Y aún pienso que no es posible tanta paz… Es como si pudiera sentir el lienzo natural de este cielo estrellado como un tangible tacto que acaricia mi piel, que mueve mis cabellos con su dulce aliento; ese aliento que mis sentidos confunden con una cálida brisa capaz de abrazar, de acunar…

Cierro los ojos: qué insignificante se hace la palabra soledad ante esta inmensidad, ante tanta belleza…

Estiro mi mano y rozo la luna…

Oh…

A veces, bajo aquí y me siento sobre las maderas del viejo embarcadero, y entonces, me convenzo… de que la noche, no es más que un hermoso amanecer…

Nada es igual

*T*odavía recuerdo al mirar esta foto en blanco y negro que el tiempo ha cubierto de trazos amarillos, nuestra vida en aquella casa. Yo tendría unos cinco o seis años. En aquella época, las dificultades estrangulaban a mi familia; sin embargo, yo rememoro esos días con cariño y añoranza. Mis padres se desvivieron para que a su pequeña jamás le faltase un motivo para reír, para jugar... A veces, (y, eso lo sé ahora) se quitaban el bocado de la boca, pasaban días sin comer para que yo nunca resintiera ni sintiera aquellos tiempos de pobreza y sinsabor. Fui una niña feliz en el amplio y conciso sentido de la palabra.

Vivíamos de "okupas" en una vieja casa abandonada que había cerca del bosque de "Dimas", a las afueras de la ciudad.

Mi padre reparó, en lo que pudo, las grietas del tejado, desatoró la antigua chimenea y, los muebles, aunque, gastados, envejecidos y, algunos rotos, lucían sin una mota de polvo gracias al empeño de mi madre.

En la vida me faltó un juguete; el anciano Wenceslao, un ermitaño que vivía adentrado en la espesura del bosque, me talló un caballito precioso de balancín y, mi madre me cosía muñecas de tela y guata.

Aquella noche de noviembre, hacía tormenta y llovía a cantaros, como hoy, mientras miro esta foto y me concentro en la reminiscencia. Algunas goteras entonaban una extraña y acompasada melodía al caer el agua insistente en los cubos de lata. Yo estaba en mi habitación; allí no calaba el agua y una manta de matrimonio doblada por la mitad me abrigaba, recostada en aquella cama de madera carcomida que yo imaginaba de princesa. Mi madre había bajado para prepararme un vaso de leche calentita cortada con una infusión de manzanilla. El olor de aquellas florecillas al cocer, subía hasta mi dormitorio. Me relajaba. Creo recordar que mi padre estaba fuera, buscando, sin éxito, algunos trozos de leña seca en la parte de atrás de la casa. De repente, escuché un ruido, abajo, en el salón; el ruido de uno de los cubos de lata al volcarse de forma violenta. Me sobresalté, salí de la habitación y, bajé las escaleras. Los escalones crujían esa noche más que nunca, o, quizá, era el miedo que sentía en ese instante.

—¿Mami? —susurré con el corazón latiéndome fuerte, aquí, donde empieza la garganta.

—Cariño, no te muevas. Está muy oscuro. Se me ha apagado la vela. Espérate a que la encienda. Quédate donde estás —me advirtió mi madre.

Obedecí, aunque todo el cuerpo me temblaba de arriba abajo.

Al fin, mi madre consiguió encender la vela con el último fósforo que nos quedaba. Salió de la cocina y, entonces, la vimos, descubrimos aquella fóbica presencia que había tirado el cubo. Era una loba. Una loba de pelaje brillante y mirada penetrante que, venía hacia mí: acechante, sigilosa.

Me asusté, me agazapé en aquel escalón donde el miedo y la orden de mi madre habían detenido mis pasos y, comencé a gritar fuerte, ¡grité con todas mis fuerzas!

—¡José! —dio mi madre un alarido, llamando a mi padre. Corrió hacia mi grito para agarrarme y protegerme de aquella fiera que estaba a punto de atacar. Pero la loba sacó los dientes, viró hacia mi progenitora y se lo impidió. Niña, animal y madre, formando un triángulo perfecto de angustia en aquel salón.

Mi padre entró en casa, portaba un trozo de tronco grande en la mano como defensa, abrió la puerta de una patada. Acabábamos de percatarnos que la puerta de la entrada de casa, estaba cerrada a cal y canto hasta que él la abrió. Ninguno sabíamos cómo o por dónde había conseguido entrar aquel fiero animal. Mi padre trató de golpear a la loba por la espalda; pero todo pasó demasiado rápido, se nos abalanzó entre rugidos obligándonos a salir huyendo de aquel sitio. Nos persiguió hasta que estuvimos bien adentrados en la espesura del bosque; entonces, lo oímos y, nos quedamos parados. Un estruendo descomunal, una gran explosión que mareó el ambiente, e, incluso hizo temblar la tierra bajo nuestros pies. Mi padre me llevaba en brazos; cómo logró llegar hasta mí y alzarme en su regazo, eso no lo recuerdo. Nos giramos hacia el desmesurado ruido, que, inexplicablemente, había cesado. La noche quedó en silencio y, paró de llover y tronar.

—¿Estás bien, cariño? —me preguntó mi madre, mientras tocaba mi frente húmeda por la lluvia recién caída y el sudor.

Le respondí con un quedo quejido y me abracé más a mi padre.

—¿Dónde está el lobo? —escuché las palabras retumbar en mi cuerpecito mientras él las decía.

—No lo sé… Se habrá asustado por el ruido… ¿Qué ha sido, un terremoto? —Mi madre aún estaba estremecida y, la voz se le quebraba entre el miedo y los jadeos de la fuga detenida.

—Estamos a unos metros de la casa de Wenceslao. Os dejo allí y voy a averiguar.

Pero, mi madre hizo caso omiso a la petición de mi padre. Salió corriendo hacia nuestra casa. Todo había sido demasiado imprevisible y, extraño. Tenía que saber lo que había ocurrido. Y, no pensaba quedarse sola con el anciano ermitaño. Era bueno, pero, le daba escalofríos su presencia.

—¡Maribel! —protestó mi padre cuando la vio correr hacia el peligro.

Yo me agarré fuerte al cuello de mi progenitor, mientras él andaba precipitado, siguiéndola, hasta que consiguió ponerse a su altura.

Cuando alcanzamos el claro donde estaba nuestro hogar, nos quedamos petrificados. Vimos que aquella casa ya no existía. Yacía derrumbada en el suelo, convertida en un amasijo de troncos y ladrillos. Los castigados cimientos no habían aguantado más el desgaste del tiempo y, se habían venido abajo, arrastrando todo lo demás.

Si no llega a ser por esa loba que, nos obligó a salir de la casa, habríamos muerto aplastados, y nuestros cuerpos sin vida estarían perdidos entre los escombros.

A veces, no todo es lo que aparenta ser.

Aquella loba, aquel animal nos salvó y, transformó una historia de terror, dolor y muerte en... un recuerdo de vida.

No hay nada

No hay nada como tu piel, como tu olor, como tu aliento lento y caliente, dibujando susurros en mi oído.

No hay nada como el poder de tus manos traspasando mi físico, tocando mi alma con tan solo una caricia.

No hay nada como la noche, como el silencio roto por el palpitar arrítmico, desbocado y fusionado, de dos fuerzas que gritan cánticos de pasión y desvelo retrasando el amanecer.

No hay nada que describa ese fuego turbado por dos aguas arrastradas, abocadas a un mismo mar de olas embravecidas y océanos conquistados…

No hay nada comparado… con esta noche, donde estoy, perdida en ti…

Oscuro recuerdo

No conseguí dormir nada anoche… Tal vez, porque es el único resquicio de tiempo, oscuridad y horas en que, me atrevo a pensarte.

Hace rato que amaneció: el ciclo del día comienza de nuevo y, sé, que debo poner los pies en el suelo, deshacerme de las sábanas y volver a mostrar esta mascara de fortaleza con la que persisto.

Dios mío, ni siquiera puedo llamar al transcurso de este tiempo, existencia…

Dejo el viejo móvil encendido en la mesilla y me incorporo… Me duele hasta la última molécula que conforma esta materia que soy; una materia que se quedó vacía cuando me arrancaste de la forma más cruel imaginada, mi esencia.

Recuerdo que solías burlarte de este móvil, de esta pequeña bola de metal con circuitos que, solo servía para hacer llamadas, y de mi poca atracción por los desafíos tecnológicos… ¡Ja!

Burlarte… burla: esa palabra queda tan pequeña para lo que me has hecho…

Ni siquiera reconozco a aquél que me mira fijamente en el espejo… Y, no; no es que mi físico haya cambiado, no… mi cara sigue siendo la misma; pero mi alma… ya no hay nada de ese chico confiado que daba la vida por…

Amar… vaya palabra.

Oh… creo que tus mentiras, tu partida, tu desprecio, tu regocijo… no me han hecho tanto daño como… sentirme nada por dentro.

¿Sabes? Siempre me han gustado las historias de vampiros… las he devorado como si la tinta de aquellos libros fuera la sangre que nutría a esas criaturas de las que yo me sentía parte, sumergido en la ficción… Tú me has hecho ver, que la realidad supera con creces la fantasía… que no es sangre lo que succionan los de tu raza, sino sentimiento y razón.

Y ahora, no puedo sentir nada, ¡ni siquiera odio!

Solo roce de piel percibo cuando alguien me acaricia… Solo busco sexo, cuando alguien ocupa mi cama…

Saciar el placer físico, sin más…

Ésa es mi condena…

¡Tu maldición!

Soy un hombre sin aliento y sin sombra… que espera la noche para volver a pensarte… para volver a sentir, aunque solo sea el latir… de tu oscuro recuerdo.

Para siempre
(Relato élfico)

Significado vocabulario élfico *:
Ammë: Madre
Yeldë: Hija
Eámanë: es usado como nombre propio.

Sigo pasando las páginas de un libro inacabado, rozando líneas de tinta seca, de olor a papel, polvo y recuerdos que quedaron atrapados en un solo existir.

Se tiñó de la felicidad más infinita este diario encriptado que guardaba mis secretos. Recuerdo sus primeras páginas pintadas de sonrisas, de abrazos y palabras, de gestos y aliento… Una historia que sería la nuestra, con principio y final eterno.

Me hiciste creer tantas cosas, sentir la plenitud soñada… Promesas vivas, que ahora solo son dolorosa tinta en este diario incompleto.

Princesa de milenios, guardiana de un sueño, tapizado en mentiras y convertido en soledad, forjado como cuento de soles, de guerrero adorado, madrinas encantadas y, hechizos arropados en susurros que se quedaron en nada.

Y, aun así, la vida sigue… Levantaré los ojos, y dejaré que aquella lágrima que rueda por mi mejilla, caiga sobre el papel y acabe este libro… Lo guardaré en un cajón, lo arroparé en mi alma por siempre, y recordaré únicamente esas sonrisas que comenzaron su escritura; para empezar de nuevo, para ser yo misma y seguir creyendo en la magia de la vida, en el sentir del mañana… en la eternidad de una promesa volcada al aire… Quizá, algún día, él vuelva a mí.

—*Eámanë**, ¿qué haces, mi niña? ¿Sigues pensando en ese humano? —*Ammë** entra en la habitación. Cierro el libro, lo acuno contra mi pecho, quiero disimular mi tristeza; con ella es imposible hacerlo, me conoce demasiado—. Hija mía, *yeldë**… —Se sienta a mi lado, yo me dejo caer en ella, poso mi cabeza en su regazo; ella canta, me tranquiliza… El tacto suave de su mano peinando mis cabellos dorados es como un bálsamo para el alma; sin embargo, mi corazón sigue triste; no creo que la felicidad regrese a él.

—No lo entiendo, *ammë**… No entiendo por qué marchó, por qué me mintió, por qué no luchó. Dijo que sería para siempre. A veces, pienso que no me amaba lo suficiente.

Ammë* suspira, alza con su mano mi barbilla hasta su violácea y tierna mirada—. Sin embargo, yo creo que, ese humano te amó, te ama como jamás nunca nadie lo ha hecho. El tiempo corre diferente para ellos, para nosotros… Él no podría soportar la inmortalidad de nuestro mundo; como tampoco podría exigirte la mortalidad del suyo. A veces, el amor va envuelto en una renuncia que, no es más que una promesa de para siempre. Mírate por dentro, *Eámanë**, él vivirá en ti para la eternidad, como tú en él… Ése fue su legado y ha sido también el tuyo: El verdadero amor que nunca morirá.

Y las palabras de mi madre tomaron sentido en mi corazón, quedaron escritas en aquel diario inacabado, pero esculpido con sonrisas y esperanza.

Princesa de tus sueños

Quizá, mi sino estaba escrito: sentirte, desearte… anhelarte como jamás creí hacerlo.

Tus latidos sobre mi pecho, tu carne rozando mi piel… Tu amor desbordado en palabras, en sentir, pasión y alma…

Tu olor me deshace en pedazos, mientras tus ojos me devoran…

Enredados en un etéreo suspirar bajo las sábanas: testigos silenciosas de nuestro encuentro.

Quiero atarte a mí, cerrar los ojos y no despertar… porque aquí, ahora, entre tus brazos… soy dueña de lo imposible… princesa de tus sueños.

Un ruido nos alerta, tu mirada se aparta… ¡NO!

Te haces humo, aunque mi abrazo te siga buscando.

Tiemblo y me arqueo sobre la cama… ¡No quiero tocar la realidad!

Pero la realidad me golpea…

Me levanto, aún impregnada en sudor, en tu sudor…

Voy hacia la puerta del dormitorio…

Escucho risas, tu risa…

—Hola, hermana… Lo siento, ¿te hemos despertado? —me dice ella; aquella persona con la que compartí vida y vientre.

Mis lágrimas se agolpan en el paladar, mi boca se sala…

—No, no te preocupes, estaba soñando y me he despertado yo sola. —Mis palabras me rompen; pero sé fingir, soy una maestra en ello… el destino me enseñó a conseguirlo.

Te veo, me miras… sonríes… Te giras hacia ella y la besas… Un solo roce en los labios de apenas unos segundos que, a mí me parece eterno.

Te adora, la adoras… tu caricia lo evidencia… Esa caricia que en un solo gesto es capaz de envolver: la envuelve. Me envuelve…

Cierro los ojos: No, no debo…

—Te quiero dar las gracias por dejarnos pasar en tu casa este fin de semana, cuñada… No sé qué habría sido de nosotros sin ti —Tu voz me hace estremecer. El remordimiento me quema; pero no puedo evitar sentir lo que siento. Te amo, aunque no pueda gritarlo; aunque sepa que jamás darías un paso fallido hacia mí… Aunque solo tengas ojos para ella… Y así debe ser…

Pero, yo, mi amor… Siempre seré, la princesa de tus sueños.

¡Rabia!

Encerrada en mi torre de recuerdos,
sintiendo el vacío,
tu engaño,
tu ausencia.
Lágrimas que reclaman un porqué:
No hay respuestas.
Oscuridad y tinieblas…
Silencio penetrante, asfixiante…
En esta habitación donde ahora no hay nada;
ni siquiera ruido,
ni siquiera palabras.
En este alma recluida en soledad.
Quiero gritar,
permitir que este réquiem me invada,
dejarme acariciar por la mordaz agonía;
por las reminiscencias fugaces que me envuelven,
por la noche expuesta,
la luna,
la brisa,
los lugares que imaginamos,
y, que ya, jamás serán.
¡NO!
Quiero salir,
borrarte de mi ser,
de mi fuero.

Correr,
no pensar.
Romper,
Escapar.
¡Sentirme viva!
Fuera de tu dominio,
de tus largos dedos
de trazados invisibles,
pero, llenos de dolor.
Quiero clamar por tu inexistencia.
Empaparme de lluvia.
Respirar aire,
sin que mi mente te nombre,
sin que mis manos te busquen,
sin que mis ojos te añoren.
Tejer un tupido velo oscuro,
que nuble lo que nunca fue.
Quiero sentirme mañana.
Quiero que la rabia,
¡me domine!
Para no escucharte,
para no vivir tus letras,
para no abrazarte,
ni siquiera en sueños.
Mientras mis brazos se cierran
en un consuelo interminable y etéreo;
y, permanezco atada
en esta torre de recuerdos.
Mis uñas arañan el suelo…
Y mis ojos…
Mis ojos… aún te ven

Renacer

No me atrevo a tocar a tu puerta.

Llevo aquí horas, de pie, estático, mirando al barniz de la entrada... De esa entrada que fue también mi hogar: un hogar que casi destruyo.

Alzo mi puño, mis nudillos están a punto de tocar por centésima vez la maldita puerta y, no soy capaz.

Entonces, oigo tu voz, tu risa... esa risa que hacía tanto tiempo que no escuchaba...

Dios, pero, ¡¿cómo pude ser tan capullo?! ¿Tan inconsciente, tan cobarde y egoísta?

Lo tuve todo, me lo diste todo y, no supe verlo.

Mi libertad estaba al a lado de la coca, de las fiestas, el alcohol... Chicas que saciaban mis ansias físicas, sin reproches, sin preguntas... sin cariño... Amordazando mi cerebro, mi voluntad, como si una cremallera sellara mis labios para evitar el grito de renuncia... Vistiendo mi psique de euforia, sumiéndola en ese éxtasis pasajero, que, cuando acaba, te hace sentir menos que ceniza; y, entonces, solo buscas el aturdimiento, deseas volver a olvidar con todas tus fuerzas para no sentir la opresión, el dolor... que te provoca el recuerdo, la consciencia... Sientes la droga como aquel poderoso sortilegio de salvación que te devolverá al ostracismo colmado de falsa felicidad de ese mundo que tú has inventado y elegido.

Oh, cuántas veces me perdonaste, cuántas oportunidades otorgadas y, yo… Solo me di cuenta de lo perdido cuando sentí que la vida me abandonaba: aquella noche en que creí morir, fue tu nombre el único que pronuncié entre temblores; fue tu abrazo el único que añoré entre lágrimas y, miedo; miedo a… no… no volver a…

Dios, Amanda, si supieras ¡cuánto te quiero!… Pero, ¿con qué derecho vengo aquí a pedirte, a rogarte?

No, no es justo… No te mereces esto, no mereces sufrir ni un ápice más por alguien como yo; sin embargo, quiero verte, necesito sentirte… solo un momento…

Mis pasos se dirigen hacia la ventana… Las cortinas están abiertas: te gusta que entre la claridad del medio día en casa… Lo recuerdo… Sí…

Me agacho, apoyo mis dedos disimuladamente en el dintel de madera de nuestro hogar… No debo ser visto… Espero impaciente a que atravieses el salón en cualquier instante; pero, no eres tú quien llena la estancia, nuestro salón, sino los pasitos de una pequeña, de pelo rubio y rizado y ojos color de cielo… Su vocecita dibuja sonrisas al viento: —Mamá… vamos a "bubar" —te llama y tú apareces; y las lágrimas me atragantan…

Tapo mi boca…

No, no, ¡no!

Dios mío… Eso era lo que venías a decirme aquella noche que… ¡Maldita sea, estabas embarazada!... Dios,

¿qué hice? ¿Qué estuve a punto de hacer? Y, todo por conseguir dinero para una puta dosis… ¡Mierda!

Joder, joder, ¡joder!... Tengo que irme, tengo que alejarme de ellas… No voy a hacerles más daño… ¡No voy a hacerle más daño a nadie! ¡Se acabó!

Alzo mi cuerpo, el mundo se tambalea a mi alrededor; me llevo la mano al corazón y, la furia me ahoga…

Comienzo a andar, escapo, ¡huyo!… ¡Bien lejos!… Para no volver jamás… Aunque sienta que mi vida, mi verdadera vida y razón de ser, se desgajan…

Entonces, tu voz me paraliza…

—¡José! —gritas.

Y mi fuerza de voluntad falla… Me giro y estás ahí, con nuestra pequeña en brazos…

Mi mirada avergonzada, torturada… lucha por evadir tu desafío, tu odio y decepción; sin embargo, tus ojos no me devuelven rabia, ni reproche… En ellos solo veo tristeza y, ¿amor?

No lo entiendo…

¿Cómo puede ser? ¿Cómo me puedes seguir queriendo?

—¿Tito Bubo? —Te pregunta nuestra pequeña, arrugando su naricita sin comprender…

Dios, qué bonita es… Lo siento tanto, mi niña…

Joder, ¡tengo una hija!

—No, hija… No es tito Hugo… Es… es… papá.

Tus palabras se me clavan en el alma.

—Amanda, yo…

—No sé si puedo volver a creer en ti, pero…

—Yo te juro que…

—No, no me jures nada… Demuéstrame que este hombre que tengo enfrente hoy, es el mismo de quién me enamoré un día, no aquél otro cegado por la oscuridad… Cuando ese hombre regrese, cuando esté segura de que eres tú, mi José, y no un espejismo, las puertas de mi casa, de mi corazón estarán abiertas… No antes, no ahora.

Te giras y, te vas… con mi niña en brazos; y no siento tus palabras como un desafío, sino, como un renacer… a la vida.

Sálvame

Quiero verte, pero todo está oscuro. Tengo frío, mucho frío; los calambres me atraviesan el cuerpo, el dolor lacera mi alma. El temblor….

Dios, ¡no puedo parar de temblar!

Aún siento el intenso olor a coca en mis fosas nasales: esa dulce sirena enmascarada que cuando me tuvo preso, no dudó en mostrarme su verdadero rostro de demonio.

Todo era tan fácil y atractivo: ella me hacía reír, tus ojos solo destilaban lágrimas que yo no comprendía; ella saciaba mis ansias desenfrenadas de lujuria, tú rogabas porque me asiera a tu mano esbozando aquella palabra que comprometía mi ficticia libertad… Amor... quiero verte, pero no sé cómo hacerlo.

Hundido en la cama, me siento más muerto que vivo…

Necesito gritar: ¡Quiero salir! ¡Deseo vivir!

Pero, únicamente, el silencio me acuna; el opaco tul de esta asesina, de esta droga a la que le entregué mi juventud, mi físico y hasta mi espíritu… aprieta sus dedos contra mi garganta, asfixiándome, ahogándome… cada vez más… Y casi puedo escuchar su maléfica risa invicta.

Quizá, debería entregarme, sucumbir… ¿Para qué luchar?

Entonces, tus caricias de vida se enredan en mi alma. No sé si esto que siento en mi piel es una alucinación o…

—Beto, cariño, abre los ojos… ¿Cuánto te has metido esta vez, Dios? —Tu voz es como un susurro vital, un contraveneno que recorre mi sangre rápido, que contiene mi espíritu… para que no deje este mundo…

Oh, mi mundo eres tú, ahora lo sé… Y estás aquí, a pesar de todo, estás aquí.

Y… te veo…

No tengo fuerzas para abrir los ojos, pero, te veo…

—Aah, Lour… Lourdes.

—Shhhh… Tranquilo… La ambulancia está en camino… Te pondrás bien, tienes que ponerte bien, por favor.

Tu voz se quiebra, siento tus lágrimas. No quiero que llores. No más dolor… Voy a luchar por tu sonrisa, nena… Te lo juro.

—Te… te quiero —Y esas palabras me salen del alma, me alejan del abismo.

Tus labios se posan en mi frente, tu tierno beso me ata a la par que me libera, destilando mi salvación.

Solo una noche

Los rayos de luna iluminan con fuerza la oscuridad de esta habitación. Hace poco que se fueron a dormir… No debí aceptar la invitación de Lana a cenar; no tendría que haber dicho ese *"sí"* tímido pero rotundo a quedarme a pasar la noche en esta casa. Aún tengo la nota que Pablo me pasó por debajo de la mesa mientras me desnudaba con la mirada. Lana estaba distraída, partiendo aquel trozo de bistec; sirviéndose esa salsa incomible… Confía demasiado en su marido; confía demasiado en… mí: su más íntima amiga, su confidente… *"Pero, ¿tú nunca serías capaz de traicionarla, verdad, Lisa?"*; mi consciencia golpea fuerte... No, yo… Oh... ¡Por Dios! La sangre me arde, tengo la boca seca, y, mi cuerpo tiembla de arriba abajo.

Abro mi mano y despliego la servilleta que aprisiono en mi puño con las palabras escritas por Pablo: *"Por favor, quédate"*.

Y cada vocablo pronunciado en un susurro por mi boca, me eriza la piel, me hace apretar las piernas, y revolverme en esta cama… y cada punzada incontrolable de mis instintos late como un puñal cargado de culpas y traición.

No…

Tengo que irme de aquí…

No puedo hacerle esto a Lana. ¡No puedo!

Separo las sábanas con furia de mi físico y voy corriendo a la silla donde he dejado mi ropa. La servilleta con su propuesta, cae al suelo. Solo llevo puesta una fina camiseta y mi ropa interior; ni siquiera me vuelvo para recoger la nota. Pongo mi mano sobre el pantalón echado en la silla y, entonces, noto como otra mano ajena se aferra a mi cintura. Su cuerpo pegado a mi espalda, su piel… Sus pulmones marcando cada espiración, cada soplo de aliento riega mi cuello y me hace estremecer…

—No te vayas… —Él susurra, me ruega…

Su mano desciende lentamente por mi cintura, hasta mis piernas… y…

Yo soy incapaz de pronunciar palabra… Mi respiración es tan incoherente y desbocada, que, siento que podría desmayarme entre sus brazos.

Debería separarme de él, volverme, ¡empujarle!… Pero, sin embargo, absorbo cada una de sus caricias… como si un imán nos atara, como si el deseo fuera más fuerte que nuestra voluntad.

—Pablo, por favor, no podemos… Es mi mejor amiga, es tu mujer —imploro a la razón entre quejidos, entre gemidos y lágrimas… mientras sus manos insisten en acercarme al abismo.

—Solo hoy, solo esta noche, Lisa, por favor… Te deseo, y sé que tú también a mí. Desde esa primera vez que nos vimos, oh… mi vida se ha convertido en una tortura…

Una tortura, sí, ésa es la exacta definición del paso de los días, de las horas… desde que nos encontramos. Desde que Lana regresó al pueblo y nos presentó con una sonrisa en los labios y la titilante luz que envuelve la mirada feliz de una recién casada.

Oh, Dios…

Estoy enamorada de él, del marido de mi mejor amiga…

¡Aahh!

Mi cabeza cae hacia atrás, su tacto se vuelve fuego sobre mi piel… Mis piernas flaquean dejándose llevar por lo prohibido.

—Pablo… —mi voz se quiebra en un murmullo bañado de faltas, fusión y anhelo.

—Déjate llevar, Lisa… Disfruta… No le vamos a hacer daño… Solo será esta noche, solo esta noche es nuestra… Jamás lo sabrá… Tardará bastante en despertar…

Pero, esa última frase, me hace reaccionar… *"¿Tardará bastante en despertar?"* … El miedo se apodera de mí… Convulsiono y me alejo de él…

—¿Qué quieres decir? ¿Qué le has hecho?

La luna riega su desnudez, su piel brilla por el sudor de nuestro encuentro… Sus ojos…

—Nada, solo le he puesto unas pastillas en la última copa de champagne que nos tomamos…

—¡¿Qué?!... ¡Por Dios, ¿cómo has podido?!

—¡Cálmate, Lisa! —Viene hacía mí, me atrapa…

Yo trato de chafarme, ¡de huir!… Aún con el corazón en la boca, aún con los vestigios de la excitación interrumpida, complicando mis espiraciones…

—¡Suéltame! —Intento golpearle, pero…

—¡Joder, soy médico! Le he dado una dosis controlada. ¡No le ocurrirá nada!… Jamás la perjudicaría, ¡la quiero!… Pero, estoy enamorado de ti… y no puedo evitarlo.

Su ser entero tirita al compás del mío; clamando perdón, suplicando pertenencia, a pesar del extremo infierno al que nos ha condenado el destino, al que nos estamos condenando, sin posibilidad de tregua…

Mi lucha cesa, rendida ante lo inevitable… Mis lágrimas fluyen; su mano asciende y las enjuga… y con cada roce de sus dedos, de sus labios… con cada *"te quiero"* silenciado… me entrego a él, robándole el alma, fusionados en latidos, en carne, piel, gemidos y danza… en sudor, saliva, en sábanas y sentidos… hasta perder la consciencia… hasta separarnos, al fin, y verlo desaparecer por esa puerta de habitación, que nunca debió haber cruzado…

Lo hicimos, la traicionamos… Nos traicionamos y engañamos a nosotros mismos sin ninguna duda… porque, los dos, sabemos, que esta no será, ni de lejos, nuestra última y única noche.

Soñado

Te iba dibujando en mi mente, conforme el tiempo avanzaba… Fui enamorándome de cada trozo de piel imaginado, cada mirada, cada timbrar de ese tono de voz no revelado, y que acariciaba mi oído, mi alma…

Me nombrabas, y mi nombre se enredaba en tu lengua, como seda… como noche, como deseo de tener, de pertenecer a ese maravilloso humo etéreo que formabas.

Eras parte de mí. Eres parte de mí… Solo mío, porque solo yo soy tu hacedora, tu amante y amada.

Muchos se reirían de mis pensamientos, si conocieran que me paso las noches, los días, las horas… aferrada a tu abrazo.

Que con solo ese segundo que estás en mi mente, en mis sentidos… me siento libre, respiro… a pesar de estar atada a tu dibujo, a tu realidad.

Porque, de repente, tu mano presiona mi hombro, tu respiración baña mi cuello… y yo… ni siquiera me paro a discernir cuál es el límite de los sueños, de lo tangible, de lo real…

Quizá, la realidad se esconde en lo soñado… Y en esos sueños, estás tú…

Supervivencia

Lo pude ver en la dilatación de tus pupilas; en los espasmódicos movimientos de tu corazón que, luchaba por escalar a tu garganta.

Tenías miedo… tanto o, más que yo; solo nos separaba una diferencia: yo estaba preparado para mi final, lo ansiaba… Únicamente, me traicionaba el temblor de mi físico, reaccionando al estímulo innato de la supervivencia. Pero, mi mente, mi deseo, solo te miraba a los ojos… implorándote, urgiéndote a que apretaras el gatillo.

Cuesta separar dos almas cuando han saboreado la plena fusión de la esencia, ¿verdad?... Sin embargo, tú y yo sabíamos hacia dónde estábamos caminando; el infierno quema y, tarde o temprano caeríamos en sus brasas.

No obstante, tú puedes salvarte aún, si aprietas ese gatillo… ¡Vamos!... Por favor, cariño—. ¡Hazlo!

Tus lágrimas resbalan, tu grito rompe el ambiente… El disparo quiebra la angustiosa espera y, mi cuerpo es sacudido por una descarga eléctrica… Miro mis manos, están limpias de sangre; mi corazón sigue latiendo… Un agujero de bala tatúa la pared de mi espalda. La pistola cae al suelo.

—No puedo, no puedo... —confiesas ahogada en llanto.

Y yo, quisiera abrazarte, sostenerte una vez más; pero, me temo, amor, que nos queda poco tiempo a los dos...

Debiste hacerlo, Liliam.

Te espero

No me atrevo a soltar tu mano, a perder este calor que, temo, jamás volveré a sentir.

Fueron tantas caricias grabadas en mi piel, en mi alma… Tantos momentos compartidos, llenos de… instantes, de… palabras y conexión, que, solo pensar en despedir este único nexo que nos queda, que me dejas… hace que me crea vacío, ausente, sin rumbo…

Sabíamos que la hora llegaría tarde o temprano… Lo hablamos millones de veces de una forma serena, tranquila… Divagábamos sobre lo que habría después de ese último suspiro y, yo… sin que te dieras cuenta, trataba de respirar tanto aire como fuera posible de tu aliento… para nutrirme, para dejarte aún más fijada en mi interior de lo que ya estabas, de lo que ya significabas, de lo que significas…

Me decías, que allá, a lo lejos, al otro lado, me esperarías. Que el tiempo no tendría importancia; que no creías en la muerte, sino en la eternidad… Y yo, aunque agnóstico, te sonreía y, me aferraba a esa esperanza.

—Quiero que seas feliz, Luis. —Fueron tus últimas palabras antes de este espantoso silencio.

Oh…

Aprieto aún más fuerte tu mano. Sé que tengo que avisar de que te has ido, pero no quiero dejarte, no puedo...

¿Y si no hay continuación?

Y, ¿si esto es el final?

—Dios, mi princesa... Solo un último contacto...

Escondo mi rostro, lo acerco a tu mano sin soltarte, sin soltarme... Y mi corazón salta cuando... No, no puede ser... Te has movido, lo he notado... Tu mano me ha...

—Luis...

Levanto mi cabeza, buscándote... pero sigues quieta, en esta cama, tus ojos están cerrados...

Señor, tengo que estar delirando...

—Luis... —Otra vez tu susurro. Mi vista escudriña el ambiente...

Me estoy volviendo loco...

Pero, entonces, te veo... Estás de pie. Sonriéndome. Al lado de tu cuerpo yaciente y estático...

Cierro los ojos, los vuelvo a abrir... Sigues aquí... El desdoblamiento persiste...

Y tu mirada llena de amor, colmada de una luz inexplicable, me habla sin mover los labios... Cada molécula de mi cuerpo responde a ti mucho más intensamente que nunca.

¿Cómo es posible?

—¿Teresa? ¿Es esto un sueño?

—No, mi amor… Es un despertar…

Tus palabras me abrazan… El resplandor te sostiene hasta hacerte desaparecer… allá… a lo lejos, al otro lado… Sin embargo, ya, no tengo miedo a la soledad, a la vida…

Sé que sigues en mí, y que algún día nos reencontraremos en… nuestra eternidad.

Tentación

El corazón palpita fuerte, lo siento en la boca; imposible calmar las sensaciones cuando el ambiente se adueña de tus sentidos, cuando la espera es, incluso, más importante, más fuerte que tu mismo respirar.

La lluvia me empapa, cada poro de mi piel se alza hasta el extremo del dolor. El rayo estalla, la solitaria calle se ilumina por unos momentos, hasta que el sonido del trueno da de nuevo paso a la opacidad más desesperante. Mi pulso salta… Se hace tarde, demasiado tarde para los dos. No debería de estar aquí, no debería de haber venido… Es una locura, lo sé. Ni siquiera sé si esta angustia, esta atracción prohibida va más allá del puro deseo, de la más demente obsesión.

Le amo a él, pero, ansío tus manos sobre mi piel, tu aliento inundando mi boca de contradicción y remordimiento. Dijimos que sería la última vez que nos volveríamos a encontrar; sin embargo, aquí estoy, en esta calle sin salida, de ambiente y alma, de físico y compulsión.

Mis brazos abrazan mi cuerpo, el frío entumece mi tacto y, comienzo a caminar; mientras el temblor se apodera de mí y hace crepitar mi razón… Quizá, debería volver a casa; tu nota decía a las once en punto, donde siempre… El relámpago enciende el ambiente, me encojo; la lluvia me ahoga a la par que mi locura, el trueno me hace quebrar. Unos brazos me retienen, me sostienen, fuerte… contra ese pecho de respirar casi jadeante que choca con mi espalda. Te siento pegado a mí, tu boca en mi oído, tu mano adorando cada centímetro empapado de piel expectante, liberándome de esa blusa calada, que se abre bajo las órdenes de tus dedos. Mi cerebro se nubla, convulsiona… Es una dosis, una dosis de maldita droga incandescente, que me anula como persona, que me hace ser poco más que un guiñapo de puras sensaciones físicas e incontrolables entre tus brazos.

—Vuélvete.

Todo se paraliza a mi alrededor cuando escucho tu voz, tu orden… Cuando me doy cuenta de… No, no puede ser…

Mi yo se gira a tu ser… Mi alma se desploma cuando tu mirada, cuando esos ojos verdes a los que prometí amor, rezuman desengaño, dolor… la más profunda decepción.

El silencio nos consuma y, cada segundo que la calle permanece callada, que el trueno vibra a su libre albedrío sin ninguna interrupción más que el susurro de esta lluvia que se ha vuelto ácida, me quema, me dobla, me mata.

Preferiría mil veces que me insultaras, que volcaras tu rabia sobre mí, que me gritaras: ¡¿Por qué?!... Todo antes que este silencio, todo antes que este dolor contenido.

Tus labios se mueven entonces, estoy a punto de echarme a tus brazos… Dios mío, ¡perdóname!

Pero, das un paso hacia atrás, impides mi contacto, tu boca se curva en una sonrisa amarga: —No mereces la pena...

Cada una de esas palabras resuenan en mí como una puñalada sorda que me deja vacía. Tus pasos se alejan... y mi mirada te persigue hasta que desapareces por la esquina.

La lluvia me envuelve, el trueno, el rayo y el frío se acaban de convertir en mi única tentación posible...

Jugué con el amor y perdí.

Te perdí.

Tras la ventana

Vivir de los recuerdos; esperar en silencio lo inesperado.

Aún miro al horizonte, imaginando el sonido de tus pasos, la imagen de tu rostro, viniendo a mí.

Promesas rotas en las que todavía necesito creer.

Y, sé que, es inútil esta espera, este encierro…

Prometo que hoy será el último día de mi deseo; no habrá más lágrimas y suspiros detrás de este cristal.

Mañana, tentaré al amanecer

Cuando salga el sol… mi mente comenzará a olvidarte; solo mi memoria se alejará de lo que fuimos… porque mi corazón… en mi corazón… siempre habrá sitio para tu aliento.

Un último contacto

Era un alto precio el que habían tenido que pagar para estar juntos: abandonar aquella capa laminada y acuosa, aquella envoltura de humo y gelatina con la que habían nacido; esa misma que el conclave superior de la dimensión ACRA les había otorgado.

Su misión estaba clara: encontrar una nueva forma de energía, de vitalidad... que librara a su vórtice de la aniquilación total y la pérdida.

Fueron liberados en aquel espacio tridimensional llamado planeta Tierra, habitado por seres curiosos, de caparazón extraordinario, alimentados por el movimiento, los estímulos...

Llegaron de noche, mientras los cuerpos receptores dormían.

El acoplamiento fue perfecto; no hubo resistencia por parte de los anfitriones; solo una sensación extraña de queja y estremecimiento para aquellas almas extranjeras que nunca habían experimentado la carne, ni por supuesto el dolor.

El calor que destilaba esa funda imprescindible para la supervivencia en el nuevo medio vital, el cosquilleo de la sangre galopando por su contorno, la sensación tan etérea y, a la vez, tan llena de libertad que era sentir el aire entrar en sus pulmones, los hizo fruncir el ceño y abrir los ojos.

Ver, oír, oler, sentir, pensar… Por un momento ese torbellino de estímulos los confundió, los aturdió, de tal manera, que creyeron rozar la locura, que rogaron por no haber sucumbido a las órdenes de los Sabios de la Luz; haber declinado aquella misión prácticamente suicida para salvar su existencia y la de sus iguales. Perseguir una leyenda… ¿Cómo iban a poder encontrar el Talismán que devolvería la armonía a su mundo en aquel entorno en el que el caos abrazaba todo a su paso?

Decidieron intentar el movimiento; necesitaban desplazarse para resolver satisfactoriamente su encomienda, pero el miedo los paralizaba. Llevaban iones observando la forma de comportarse y actuar de aquellos seres imperfectos, que utilizarían como vehículo para poder sobrevivir en aquel entorno hostil; sin embargo, les daba vértigo siquiera intentar sostenerse en tan frágil envoltura, pegados a una superficie… Venían de una dimensión de luz, eran seres de luz; difícil concebir la materia; pero no tenían mucho tiempo hasta que aquellos cuerpos salieran del letargo y su ente anfitrión: (el alma terrestre ocupada), los rechazara; así que tenían que hacerse con el control y rápido.

Despacio, descubrieron sus cuerpos del insólito tejido o tela que, todavía los tapaba y, apoyaron sus extremidades delanteras en lo que, aquellos humanos, llamaban, según sus investigaciones: "Colchón". Se irguieron, venciendo sus reticencias… Para su alivio, se dieron cuenta, que moverse sobre esas piernas era una sensación muy parecida a la acostumbrada en sus desplazamientos: flotar… La satisfacción llenó sus pulmones: "Oh"; agradecieron guturalmente tan extraordinaria percepción de alegría y consuelo… y en sus caras se esbozó una sonrisa… Inmediatamente e instintivamente, se llevaron las manos al rostro; y palparon las arrugas que esa mueca les había creado en sus mejillas; rozaban los labios con sus dedos, una y otra vez… Tacto, sentir el tacto, era adictivo…

De repente, se giraron; era la primera vez que se miraban a los ojos. Algo los sacudió, un… ¿pinchazo? que les recorrió el… ¿cuerpo?... Fue como si la energía, a la que tanto estaban acostumbrados en su medio, ésa que se estaba agotando en su confín, les recorriera la envoltura que los acogía, con el simple hecho de aquel contacto de miradas.

Se observaron extrañados, curiosos y… atraídos.

Los cuerpos se movieron buscando el calor, dejándose llevar por el magnetismo inevitable que los inducía a la unión.

Deslizo su mano por la piel de la envoltura ajena recorriendo sus protuberancias; un físico lleno de contornos, de curvas, de… infinita, infinita… suavi… suavidad… Mientras el líquido llenaba su boca y le hacía tragar de forma intensa, dificultando el recién experimentado movimiento de la respiración. Sus poros se inundaron, comenzaron a empapar su piel, y su físico respondió a aquella carga enérgica, haciendo crecer y elevar una parte de su forma, que invocaba a la unión de pieles, la fusión de entrañas…

Obedecieron una vez más al mandato del instinto: dos almas entregadas, dos físicos vivientes, ardientes, fuera de control. Danzando al unísono, mientras se estremecían. Mientras sus gargantas se deshacían en gemidos de placer; mientras la carne interior vibraba y acogía cada envestida, empapándose de fluidos, resbalando y sintiendo cada micra de aquel tormento y necesidad que los había cautivado.

Jamás habían cedido a tal conexión expuesta; en su mundo, la fusión era inconcebible, inútil y desconocida… Ahora, sabían que el tacto, que el sentimiento, que aquel huracán de fuerza que los unía… sería la salvación de su herencia, la energía de un renacer a través del tacto de almas… Mientras que el éxtasis los invadía… Y sus espíritus, sus seres… se separaban del cuerpo anfitrión que les había acogido.

Sintieron el desgarro a pesar de la luz renovada que los colmaba… Lucharon por un último roce físico; rogaron por entrelazar aquellos dedos que ya sentían tan suyos… Pero las almas volaron y los cuerpos quedaron nuevamente sumidos en el letargo, desvanecidos en el suelo, esperando el despertar humano; ansiando… ese último contacto de piel.

Quizá

Fueron las gotas de lluvia las que me trajeron tu voz cargada de falso silencio, de porqués sin respuestas.

Es asombroso cómo los recuerdos llegan a tu consciencia en los momentos en que necesitas evitarlos.

Ansiaba la lluvia después de tantos meses de asfixiante sequía. Sentarme en el porche de casa y contemplar la anhelada cortina de agua mientras doy pequeños sorbos a la taza de café que sostengo en la mano; oír las gotas caer sobre las hojas que alfombran la otoñal arboleda.

Creía que, después de tanto tiempo, de haber superado tantos baches y, haber despojado de vendas este corazón cicatrizado, no regresarías a mi pensamiento, ni volvería a sentir esta punzada aguda en la garganta. Pero, ha ocurrido. Y tengo que cerrar los ojos y apretar los párpados para prohibir a mi mente que traiga también tu rostro a mi existencia.

—Gloria, ¿estás bien? Llevas mucho rato aquí, cariño. La lluvia ha refrescado bastante el ambiente. Vamos dentro de casa. Vas a coger una pulmonía. —Su cuerpo me abraza, su calor me rodea, pero, no me abriga: por dentro, sigo muerta de frío. Aun así, me resguardo en él; porque se merece todo y, sin embargo, no puedo sentir por este hombre más que agradecimiento y cariño;

mientras muero de amor por ti, por tu veneno y, no lo entiendo.

Quizá, dentro de poco escampe y, el silencio vuelva a mí. Algún día.

Piel

Supongo, que la piel es la auténtica protagonista de nuestra historia; la dueña de nuestros sentidos, de nuestra opción y decisión, aun cuando la unión de nuestros cuerpos fue puro instinto.

No sé nada de ti, ni siquiera tu nombre; sin embargo, la piel, esta piel que te reclama, parece describirte y escribirte sin dudar ni un segundo en su creencia.

Te miro mientras duermes, mientras tu aliento calienta el bendito aire que respiro. Te ves tan tranquilo y sosegado que, parece imposible que hace unos instantes nos dominara la locura, el ansia por sentirnos un solo cuero.

Piel, tan exterior y superficial, pero, que en nosotros se tornó reverso para sentirla por dentro, muy adentro, hasta bilocarse en alma; en la razón de la demencia que nos empujó a besarnos y amarnos sin mediar motivos ni palabra. Tan solo el tacto fue la música y el silencio de nuestro comienzo, de nuestro palpitar.

Piel…

Última llamada

—Última llamada para los pasajeros del vuelo AK712 con destino a Singapur. Por favor, embarquen por la puerta U45. Terminal 2.

La megafonía inunda el aeropuerto. Estoy sentada en la cafetería a escasos metros de esa última llamada, a un exiguo instante de darle un vuelco a mi destino.

Mi boca se pega a la taza y absorbo las gotas que quedan de este café aguado que, sin embargo, me sabe más amargo de lo normal.

Supongo que, a estas alturas, ya habrás leído la carta que te dejé junto al marcapáginas de aquel libro prestado que estabas leyendo. Dijiste que me lo pasarías en cuanto lo acabaras, que no solo era una preciosa historia de amor la que se escondía detrás de sus cuidadas líneas, sino un aprendizaje latiente y curativo del corazón y el alma. Lo que nunca me atreví a decirte a la cara es, que tú fuiste, has sido y, serás mi verdadera cura. ¿Cómo explicar un sentimiento que ni yo misma entiendo o, me resisto a entender? Me muero de vergüenza y… y… de dolor, solo con pensar que… en este instante, puede que estés leyendo o hayas leído mi confesión. Por eso, acepté este trabajo en el fin del mundo sin que tú lo supieras; por eso, no tuve el valor de despedirme mirándote a los ojos, gritándote: —Celia, estoy enamorada de ti y, no sé cómo ha sucedido.

No podía hacerlo, no hubiera sido capaz de soportar tu rechazo, tu mirada de decepción hacia mí. Todavía tiemblo al recordar las veces que he estado a punto de contártelo, la de momentos en que, me tuve que morder la lengua, cuando lo que de verdad me apetecía era enredarla con la tuya. Prefiero guardarme todo este torbellino de sentimientos aquí, dentro de mí. Recordar esa sonrisa y tu abrazo haciéndome estremecer anoche, antes de que me dijeras: *"Hasta mañana, amiga"*.

Hace solo un año, lloraba en tu hombro por el engaño y el abandono de Juan; hace solo 6 meses, nos reíamos mientras veíamos una peli y teníamos una conversación de chicas, acalorándonos con la visión de aquellas escenas subiditas de tono donde el escultural cuerpo masculino del protagonista no dejaba lugar a la imaginación. Sin embargo, no sabría decirte en qué instante me di cuenta que el amor y la atracción por una persona va mucho más allá de lo físico, del sexo e incluso de la voluntad y el alma. Es lo más preciado y etéreo que podemos sentir y, a la vez, lo más maravilloso y tangible que nos conforma.

Suspiro y cierro los ojos. Me levanto de la mesa de la cafetería y me dirijo a la puerta de embarque. Las lágrimas inundan mi garganta, nublan mi visión. Y, tengo ganas de mandarlo todo al cuerno y, correr; ir a buscarte, con todas las consecuencias que pueda conllevar esto que siento. Pero, soy demasiado cobarde, ya te lo he dicho; no sería capaz de soportar tu rechazo. Dios, hasta tengo el móvil apagado por miedo a que me llames y…

—Por favor, señorita. Su pasaporte y la tarjeta de embarque…

—¿Ah?

—Su pasaporte… —Me apremia la azafata un poco
molesta por mi despiste y tardanza. No hay nadie delante
de mí, ni detrás… Soy la última en embarcar—. Todo en
orden. Asiento 6A. Tenga buen viaje.

Ni siquiera le doy las gracias. Me quedo parada
antes de avanzar hacia el interior del finger y, echo una
última mirada hacia atrás. Cojo aire y me trago las
lágrimas. Dios mío, cómo duele esto.

Ando pasillo abajo, casi puedo ver la puerta del
avión. Y, entonces, te oigo.

—Sara… ¡Sara!

Ni siquiera me vuelvo. Tiene que ser una alucinación.
Un engaño de mi mente para hacerme desistir de esta
separación.

Pero, me agarras del brazo, me vuelves, tiras de mí
y, me topo con tu mirada; y, de pronto, tus ojos se funden
con los míos y, en este momento, sobran las palabras.
Estás hecha un desastre, sin embargo, te ves tan bella; el
cabello revuelto y sin peinar, una gabardina larga
cerrada a las prisas, mal cubriendo la parte de arriba de
ese pijama que te sienta tan bien y me gusta tanto. Tus
piernas están descubiertas pese a que afuera está
helando. En tu mano derecha, tu pasaporte y el
resguardo de la tarjeta de embarque arrugado; en la
izquierda, la carta con mi confesión.

—Eres idiota, ¿sabes?... Bueno, creo que lo somos
las dos… No vuelvas a hacerme esto —me dices entre
lágrimas. Dejas caer los papeles que sostienes en tus
manos y, éstas atrapan mi cara. Tus labios se pegan a los

míos y, me besas. Nos besamos, nos saboreamos sin importar el tiempo ni el lugar. Unidas por esta última llamada, por un te amo contenido que se rompió en libertad. La libertad de un destino que, ahora, es todo nuestro.

Para mi familia de días y noches, con la que convivo, con la que comparto sonrisas y, a veces, suspiros. Mi amanecer, mi anochecer y mi vida.

Mi marido Francis, el amor de mi alma, y mis dos pequeños caninos adorados: Harry y Linda. Os amo.

Mágico momento

Mi momento mágico es disfrutar del silencio en el hogar, únicamente roto por las gotas de lluvia golpeando de forma armoniosa el cristal de la ventana. Percibir ese olor a tierra mojada, colándose por una pequeña rendija de la terraza. Estar rodeada de todos tus seres queridos, de tu familia: tu marido, tus dos perros… Estamos a salvo, protegidos por el hogar y, sin estar pendiente al reloj, porque no tenemos más prisa que disfrutar de la tranquilidad. De la lluvia, del momento, sin importar cuál. Cada segundo es el elegido, es ése que quieres, que necesitas.

Él, está sentado en una esquina del sofá, con su mano encima de mi pie; acciona el equipo de música y los acordes de piano del gran Ludovico Einaudi comienzan a inundar el entorno y se unen al repiqueteo incesante de la lluvia. Linda (nuestra perrita color ceniza), se acurruca aún más en el cojín al lado nuestro; y el pequeño Harry parece estar disfrutando de las notas musicales que salen del equipo, pues mueve su cabeza y sus orejitas prestando atención a cualquier cambio en el acorde de la música.

Nos hemos puesto el pijama, no importa si es el más bonito o feo, es el más cómodo y el escogido para este especial momento. La lluvia cae, la música nos envuelve, el olor a tierra mojada describe el instante más que nunca. Mientras estamos sumergidos en la lectura, en la magia de un buen libro. Yo soy más de novelas y papel, él es más de cómics y táblet; pero, los cuatro compartimos el mismo momento, mágico y especial.

Como olvidar a mis maestras y maestros de letras y sueños: Andrea V. Luna, Mariela Villegas, María Elena Rangel, Francy Ríos Brito, Freya Asgard, Jorge T'raven, Fran Rubio, Mariela Saravia; Graciela Rapán, Mimi Romanz, Miren E. Palacios.

Y a mis lectores, Toñi y Mamen Hernández, Miguel Ángel Gasch, Joaquín Barquilla, José Ramón Gómez Solís, Pedro Bellido, Maribel Durán, Gema Rocío González, Isabel María Jiménez, Ana María Rosa, Ana Romero, María Dolores Medina, José Maynat, Rosa Elena Fantí, Gabriela Carrera, Leonor García...

Sin vosotros, sin vuestro aliento, nada de esto sería posible.

Gracias.

10465567R00082

Printed in Germany
by Amazon Distribution
GmbH, Leipzig